①延安时期摄于鲁迅艺术学院（1938）

②结婚时妻子徐竞辞绘的蔡其矫头像（1943）

③任军事报道参谋的蔡其矫（左）（1945）

④在解放区（1945）

①河北正定华北联大文学系同学合影。后排右二为蔡其矫（1948）

②准备进北京城（1949）

③与战友留影。中立者为蔡其矫（1949）

①在情报总署工作时的蔡其矫（1951）

②与情报总署的同事们。倒数二排右一为蔡其矫（1952）

①

②

①在情报总署的办公室（1952）

②打乒乓球（1952）

①在东海舰队体验生活（1953）

②与家人骑车出行。右一为蔡其矫（20 世纪 50 年代初）

①

②

①在海南永兴岛（1957）

②在长江水利建设工地（1957）

①在武汉长江大桥（1957）

②在闽江水利建设工地（1958）

红豆

亚热带的光泽，
南国的颜色，
灿烂妩媚如同春天的花蕾。
太阳整天在它额上照灼，
阳光造就它智慧的眸子，
它的眸子有清晨纯洁的露水。
月亮在椰树的背后伫立，
用含情半闭的眼睛窥视，
因为爱和嫉妒而脸色苍白。
星星在这海的上空徘徊，
用只有星星能听见的低语，
整夜都在谈论它的美丽。
让我把这红色颗粒，
在不朽的心灵贮藏；
让我高举订盟的酒杯，
为永驻的春天欢呼：
太阳万岁！月亮万岁！
星辰万岁！少女万岁！
爱情和青春万岁！

1957年，万山群岛。

诗歌《红豆》手稿

王炳根 编

蔡其矫全集

第一册

诗 歌

1941—1960

海峡出版发行集团

海峡文艺出版社

图书在版编目(CIP)数据

蔡其矫全集/王炳根编. — 福州:海峡文艺出版社,
2021.7
ISBN 978-7-5550-2300-5

Ⅰ.①蔡… Ⅱ.①王… Ⅲ.①中国文学—当代文学—
作品综合集 Ⅳ.①I217.1

中国版本图书馆 CIP 数据核字(2020)第 252269 号

本书为 2016 年度福建文艺发展基金资助项目

蔡其矫全集

王炳根　编

出 版 人	林　滨	
责任编辑	蓝铃松	
出版发行	海峡文艺出版社	
经　销	福建新华发行(集团)有限责任公司	
社　址	福州市东水路 76 号 14 层	邮编　350001
发 行 部	0591—87536797	
印　刷	福州德安彩色印刷有限公司	邮编　350008
厂　址	福州市金山工业区浦上标准厂房 B 区 42 幢	
开　本	890 毫米×1240 毫米　1/32	
字　数	2500 千字	
印　张	115.625	插页　32
版　次	2021 年 7 月第 1 版	
印　次	2021 年 7 月第 1 次印刷	
书　号	ISBN 978-7-5550-2300-5	
定　价	880.00 元(精装全八册)	

出 版 说 明

蔡其矫（1918.12—2007.1），是当代福建诗坛的一面旗帜，是中国诗坛有影响的著名诗人。

蔡其矫的人生经历曲折丰富，文学创作多姿多彩。他从事文学创作七十余年，创作了大量的诗歌作品，不同阶段有不同的创作追求。其作品激情洋溢、风格鲜明，在思想艺术上多方探索；其独到的艺术见解深受国内外专家和诗人的赞赏。蔡其矫还凭借自己的中国古典文学和外国文学修养，选译了部分中国古典诗文和外国诗歌，富有特色。

为了全面展示蔡其矫的创作成就、文学追求及其对中国诗歌创作的贡献，完整反映蔡其矫的文学人生，由学者、作家、评论家王炳根选编、我社组织出版这套《蔡其矫全集》。全集共8册，包括诗歌、译文、序跋、论评、随笔、讲稿、讲义、书信、日记等。全集以外编的形式收录蔡其矫的部分档案资料。

海峡文艺出版社

二〇二一年四月

编 辑 凡 例

一、本全集收入作者创作发表的各类作品与个人资料（含诗歌、译文、序跋、论评、随笔、讲稿、讲义、书信、日记及档案资料），按类编排，以写作（翻译）时间先后排序。

二、全集 4 卷 8 册：1. 诗歌，5 册；2. 译文，1 册；3. 序跋、诗论、随笔、讲稿、讲义等，1 册；4. 书信、日记、外编（档案资料）、后记、附录，1 册。

三、编者根据作者编年的诗歌创作笔记判断的写作时间，以"（）"形式标示，并集中编排于本类别作品最后。暂时未确定写作时间的作品，集中收录于第 5 册最后一部分。

四、已刊发、已出版的作品，标注发表或出版的出处；凡未标注者，均为本全集首次选入。

五、作者创作中以"无题"为题的诗甚多，为了区别，均加上诗的首句，以"无题·×××"的形式体现。还有部分手稿原作没有标题的，由编者拟订标题，以"无题（×××）"的形式体现。

六、译文部分以原作品作者所在朝代或出生时间先后排序。书信部分以收信人（个人、单位）姓氏（首字）笔画从少到多排序。

七、因同一作品的版本存在多种的情况，手稿与发表稿、同一题材诗作，凡有较大区别者，同时收入。

八、因作者原作中有错误或信息不全，由编者进行修订、补充的内容，以"〔〕"标示。原稿中个别文字缺漏或无法辨别的，以"□"代替。

九、编者根据需要作了新注，以"＊"标示。

编　者

总　目　录

目　录

1956 年

1957 年

1958 年

1959 年

1960 年

◉ **1941 年**

乡　土

一条白色的无尽的道路，
一个衰弱的老人独自走着。

他的脸上染着很厚的灰尘，
胡须全发白，两眼陷得很深。

他是乞丐吗？他手上没有拐杖；
他是卖艺人吗？他背上没有行囊。

已经黄昏了，他走到一个村庄，
就在第一个见到的人家要求借宿；

主人出来问："你是做什么营生？
为什么这样大的年纪还在外头奔跑？"

老人听了，两眼泪如雨下，
用衣袖擦着泪，极其悲苦地回答：

"我是一个不会写不会算的庄稼人，
五十年啦，五十年日子都过得不太平；

"自从来了共产党，来了八路军，
穷人苦难的日子才第一遭有了个指望。

"我想我老汉可以再活几年看看新世道，
哪里知道平地里又起了不测的风波！

"八月中秋可恨的鬼子进攻咱们边区，
在山沟里把我们全家都捉住了；

"有好多好多的人呀都用汽车载着，
哭哭啼啼被强迫离开了乡里。

"到了保定府，我的老伴和闺女被分散了，
我和我带病的孩子被派去做苦力；

"只做了三天，孩子就辛劳病死，
我自己替他挖坟，把可怜的孩子埋葬；

"我想孩子死在异乡，多么冷落呀！

要是我，我一定要掀开坟墓叫老天！

"我不愿死在他乡，我想念生我的乡土，
我逃跑了，现在正走回乡的路！"

主人一听这悲惨的故事，脸色惨白地说：
"老人家，你歇吧，抗日的人民都是一家！"

整夜里，老人发冷又发烧，
还尽在嚷叫着："让我走，我要回家！"

他坏啦！身体瘫软地躺在炕上，
发着大汗，已经是衰微的气息。

主人安慰他："你宽心住几天吧，
好好地休息，我的家就像是你的家！"

"不！你要害我，我不能再等了，
不要留我，我要回家！我要回家！"

当大家没有防备的时候，他逃了出来，
天还没有亮，初冬的风刺骨似的寒冷。

老人挣扎着，逆着风向西疾走，
忍住胸头的咳嗽，气咽得眼泪直落。

从清晨到中午，从中午到黄昏，
他支持着，最后那可爱的故乡已经在望。

然而，艰难的山路已使他筋疲力竭了，
他脸色死白，周身骨头像点上了火！

脚已不中用了，他用手爬行；
故乡在黑暗中微笑，故乡在欢迎他！

渐渐，他爬上村边的堤岸，
突然，他颤抖着无力地倒下……

第二天，人们发现他死在当路，
两只冰冷的手还握着两把泥土。

1941 年，晋察冀

（收入《回声集》等）

哀　葬

一

今天我们要安葬亲爱的县长，
亲爱的县长他作了光荣的牺牲，
他给我们留下一个勇敢的榜样，
他就此结束了露天下英雄的事业。

从数十里外，那些哀伤的人民
带着悲伤的脸容，自动集合起来，
成群地跋涉在静寂的旷野里，
沉重的云块低低地垂下……

在预定的地点，有人正在挖墓穴，
大粒的汗珠挂在脸上，
又沿着深深的皱纹滴落。

我们没有丰裕的礼物祭奠你呀！

没有酒菜，没有香烛，没有盛大的典仪；

我们的心，只长记忆你斗争的意志。

二

你是我们第一任的人民县长。

在那艰难困苦的日子里，

你不停地工作与斗争。

你说："我们的棉花不能卖给敌人！"

于是在那偏僻的地带，

纺织工厂就在地窖内开起工来。

你又说："武装保卫我们的粮食！"

那时，麦穗在四境织成宽阔的海洋，

你来了，身上穿着布衣裳，

黄昏的时候召集我们讲话，而晚上

你和我们一道躺在繁星的露天下，

你瞅望着蓝色的夜雾

和静谧的麦海，

低声地跟我们话家常。

而我们一夜全睡不着，

这日子也真令人太容易兴奋啦！

今年，又是麦穗黄熟的时节，

为了检查工作你来杨家庄开会。

杨家庄离城五里，那是危险地带，

青抗先早有布防，用忠诚的心保卫你。

但在今日，却也有人反对你，

杨家庄是隐藏有反叛的心呀！

当你开会开到末了，

杨家庄已被敌兵包围，

青抗先来不及抵抗，枪声已到街前，

人们冲到门口，刺刀已直指胸腔，

在屋里的人都做了俘虏，

一个佛教会的家伙指着你说：

"这是县长！"

敌人捕获了你，他多快活呀！

这比什么都好，比打一次胜仗，

比占一个村镇，比抢千担粮食都好！

他想降服你，收买你，

作为他统治广大地域的手臂。

像蜂蜜似的是那罪恶的诱惑，

像黄金般灿烂是那成串的允许，

然而你，我们敬爱的县长，

你，正直的

发出冷笑和斥责，表现不屈民族的尊严。

我们为你的正气和坚贞而鼓舞；

我们把你比作那抗拒元兵的
临死高歌的伟大的文天祥。

敌人一切诱降失败后，
就拿出最下流、最无耻的计策；
一个妓女，"皇军"最可靠的女人，
在敌人指派下来到你面前。
呵，我们敬爱的县长！
你从容地接见了她。
你是我们所最信服的演说家，
你用你的智慧，用你的声音，
说服了多少诚实的心呀！
现在，你对着这被拨弄的女人，
说服她，用同情与崇高的、宽大的精神！

呵，这可怜的妇女，
过着的是被侮辱被蹂躏的日子，
人类的自尊对于她无知的头脑，
正像千里外的亲人那样从不来访。
而现在，她在你面前哭了！
在你面前，她了解做人的意义。
当天夜里，她逃跑了，
依照你的指示，她一直投奔我妇救会。
当我们从她的诉说中
知道你的精神和你的意志，

我们是更加激动了，

我们要救出我们的县长，

我们需要你正直而勇敢的县长呀！

第二天，敌人慌张了，

到处找不见那可靠的女人。

一切诱降的梦破灭了，

立刻撕下他虚伪的面幕，

用大队的武装把你押走。

穿过那颓败的房屋和狭小的街道，

无数的人站在路边，

你向他们诉说，你向他们呼吁，

于是无数沉重的脚步跟着你……

在那城墙下，已经新挖了一个坑，

你就被推到坑头上。

这时，城门口出来一个骑马的人，

一个伪县长，挂着一副哭丧的脸，

卑微地弯下腰来，对你说：

"你投降吧，我给你最后的机会。"

你恼怒了，

你高声大喊：

"中国人不当亡国奴！"

你把眼睛扫向远远的人群。

突然，有一个声音，从人群中发出：

"县长！你的话我们听到了！"
人群里到处起了骚乱，
"皇军"赫赫地包围了人群，
枪声尖锐地刺痛着人心……

呵呵！你牺牲了！
像雷声一样. 这消息传遍所有的乡村，
所有的人都在愤恨，
所有的人按不住悲痛的心，
简单的演说，最大的哀情，
所有的乡村全像暴风雨中
悲号叫嚣的被鞭打的树林！

晚上。没有星星，没有月亮。
我们带着枪，带着镢头，
风驰雷掣地来到城边，
一队人爬上城墙猛烈地袭击，
一队人小心地挖掘你的坟墓，
小心地抬起你的身体，
向来的道路奔驰，
向无边的黑夜奔驰，
草木全在滴泪。

三

亲爱的县长，我们还不能更好地安葬你，
一口棺木，一堆黄土，一块白石的墓碑，
在你墓前，两千民众聚集着，
静默地站立在茫茫的旷野里……

1941 年，晋察冀

（收入《回声续集》等）

过 年 曲[①]

雪花儿飘新年来到，姑娘要花儿童要枣。

一家大小新衣新帽，东村青年西村逍遥。

拜年拜了走上大道，西村道上太阳高照。

太阳高照照得心焦，国恨家仇忘不了。

第一记牢要把国保，打败鬼子过年更好。

（1941 年）

---

① 田崖谱曲。

上 冬 学 ①

上冬学上冬学，

识字是为打东洋，

上冬学上冬学，

读书是为求解放。

男男女女老老少少一齐上学堂，

多多认它几个字，

多多学习抗日大道理，

打走了鬼子咱们老百姓做主人。

上冬学上冬学读书是为求解放。

（1941 年）

---

① 王莘谱曲。

⊙ **1942 年**

雁 翎 队

　　有人从冀中来，告诉我白洋淀的人民，是怎样用
打雁的武器打敌人。现在他们已经组织起来了，以雁
翎为记。

　　白洋淀，我所梦想的地方，
　　像十一月的天空，美丽而安详。

　　在那平静的水面，走着无数的小船，
　　前面威武的船头上，架着打雁的抬枪。

　　呵！有多少肥美的雁群呀！
　　密集的雁群，骚扰的雁群，亲爱的雁群，
　　从湖面飞起，像一张罗网牵过湖面。

　　这时枪响了，在硝烟里有黑点猝然降落，

于是平底船快快移行，船头激起白的浪花，
那萧瑟的芦叶滴满着雁的鲜血。

而今日，人们不再用火药对付雁群了，
因为灾难和战争侵入白洋淀，白洋淀起来反抗。

呵！那触目的汽船，骄傲地在水上行驶，
那蠢笨的日本人，张着眼在苇丛里寻找什么呀！

呵！青年们！快把船划出港汊！
我们生在白洋淀，白洋淀不能受侵略，
在故乡的水面上和敌人决一死战吧！

呵！勇敢的伙伴！快把抬枪扶准，
让波浪作为敌人永久的坟墓，让我们胜利归来，
迎接我们的将是光明的村庄和欢呼的白洋淀！

1942 年，晋察冀

（首发于 1942 年 11 月 30 日《晋察冀日报》，后收
入《回声集》等）

肉　搏

白色的阳光照在高高的山上，
在那里，剧烈的战斗正在进行。

近傍，那青铜的军号悲壮地响起，
冲锋的军号，以庄严的声音，鼓舞我们的士兵。

一个青年，我们团里的一个新兵，
飞似的前进，子弹在脚下扬起缕缕烟尘。
而在山岩后，一个日本军曹迎上来。

于是开始了惊心动魄的肉搏战！
军号还在吹，山谷震响着喊杀声……

交锋几个回合，那青年猛力刺了一刀，
敌人来不及回避，也把刺刀迎面刺来，
两把刺刀同时刺入两人的胸膛，

两个人全静止般地对峙着，呵！决死的斗争！

只因为勇士的刺刀比日本人的刺刀短几分，
才没有叫战栗的敌人倒下来，
我们的勇士没有时间思索，有的是决心，
他猛力把胸膛往前一挺，让敌人的刺刀穿过背梁，
勇士的刺刀同时深深地刺入敌人的胸膛，
敌人倒下，勇士站立着。山谷顿时寂静！

第二年，在那流血的地方来了一只山鹰，
它瞅望着，盘旋着，要栖息在英雄的坟墓上；
它仿佛是英雄的化身，不忍离开故乡的山谷。
过路的士兵呀！请举起你的手向它致敬。

1942 年，晋察冀

（首发于 1942 年的《诗建设》，后收入《回声集》等）

生活的歌

超过所有的歌声，美丽像那晴空。
在绿色的树林里，勇敢的人们在歌唱。

这歌声充满生活的爱情，
割绝了忧愁，舍弃了悲伤，
拥抱生活的人将永远健康！

这歌声像一道清洁的山泉，
在阳光下闪耀它理性的光，
把慰安和祝福赠给山谷村庄。

风在树林里吹动，把歌声送给远方，
告诉战斗的人们，生活要快乐健壮。

1942 年，晋察冀

（收入《回声集》等）

挽　歌

一只年轻的小鹰，
它勇敢地突进；
当它凌起于云端之上，
它突然停止了飞行……

　　鹰呵！你安息吧！
　　在为人民的战斗中，
　　我们时时忆起你倔强的灵魂。
　　我们以你不屈的意志战斗下去，
　　一定要实现你梦的理想；
　　鹰呵！你安息吧，安息吧！

1942 年，晋察冀

（收入《回声续集》等）

欢乐的歌万岁

在汹涌的河里，

沉下你的忧念，

穿过世纪的风沙，

看取未来的美景，

快乐起来吧，伙计！快乐起来吧！

那流泪的晨星

在黎明前向黑暗陨落；

让那幻想的悲哀

也在这一刻死灭。

太阳万岁！欢乐的歌万岁！

1942 年，晋察冀

（收入《回声续集》等）

子弟兵进行曲^①

　　我们晋察冀的子弟兵，年轻的兵快乐的兵，在敌区与敌人英勇的搏斗，收复了乡村，攻下了城市。前去，前去，同着同志和乡亲，去挽救受难的同胞，为了土地不死和家乡幸福，子弟兵坚决的向前！

　　我们晋察冀的子弟兵，年轻的兵快乐的兵，有红军十年斗争的传统，是党的军队，是人民的军队。前去，前去，继承先烈的事业，下次向伟大的理想，劳动者的力量是不可战胜，毛泽东领导着向前！

　　我们晋察冀的子弟兵，年轻的兵快乐的兵，当我们吹起进攻的军号，敌伪在崩溃，同胞在欢呼。前去，前去，冲破黎明前的黑暗，走向胜利的明天我们的队伍是百战百胜，总司令领导着向前！

　　　　　　　　　　　　　　　　　1942 年，晋察冀

---

　　① 罗浪谱曲。

子弟兵战歌[①]

　　向前挺进！年轻的子弟兵，勇敢的子弟兵，快乐的子弟兵；以坚决的步伐到战斗中去！为了土地新生，为了家乡幸福，为了祖国的光荣；把亲爱的步枪放在肩上！到战场消灭敌人，到堡垒消灭敌人，到城市消灭敌人。让歌声飞起来，使天地全回应！我们战斗在艰苦的年代，毛泽东是指路的北斗星！我们战斗在祖国的前哨，总司令是胜利的巨鹰！我们是钢铁的子弟兵，子弟兵还有什么不能战胜！万岁！万岁！子弟兵还有什么不能战胜！向前挺进！年轻的子弟兵，勇敢的子弟兵，快乐的子弟兵！

1942 年

　　（收入晋察冀日报史研究会编的《晋察冀根据地歌曲选》，1997 年）

---

　　① 卢肃谱曲。

⊙ **1943 年**

风雪之夜

万代千秋的长城啊!

风在怒号,雪在狂飘;

树木被吹倒,道路被阻塞,

受难的中国在风雪里困苦地呼吸。

风呀!你是要打倒敌人还是要摧毁田园?

雪呀!你是要孕育丰年还是要带来灾难?

寒冷到了最后,黑夜到了尽头,

中国呀!你在胜利的面前站立起来!

1943 年,晋察冀

(收入《回声续集》等)

夜　歌

光明的夜呵！

你穿着幻梦的衣裳。

到地上来撒播冥想：

在那沉睡的河上，你撒下安静，

让前进的队伍无声地渡过；

在那士兵的头上，你撒下和平，

抚爱他们宽阔的肩膀

与闪光的枪……

夜呵，你是战争的姐妹，士兵的伙伴！

1943 年，晋察冀

（收入《回声续集》等）

◉ **1946 年**

张 家 口

塞上的城!

为山环抱,为河贯穿,

烟囱、水塔、树木覆盖的城!

拥挤的人群匆忙地在街上来往,

每分钟都是紧张的,这是工作的城!

农民和牧人从数百里外带着货物来到这里,

工人在工厂里日夜分班生产一切物资,

有着自由的劳动,丰富而幸福的城!

早晨、中午、日落,工厂的汽笛亲密地呼应,

火车满载着乘客轰然进入车站,钟在敲打,

是繁荣的城! 热情,友爱,壮丽的城!

广场上正在召开选举代表的市民大会,

飘扬旗帜的天空照着亲爱的太阳,

是和平的城,民主的城!

反动派恐吓不倒的城,钢铁的城!

是每个人的城又是众人的城！

许多青年从别的城市来了，

冒着生命的危险，抛弃一切投奔这个城；

而且每天都有进犯军的士兵携带枪械投诚过来，

因为他受光明的吸引，因为这城有万人的爱。

1946 年，张家口

（首发于《北方文化》1946 年第 5 期，后收入《回声集》）

炮 队

中午，演习回来的炮队经过街上，

炮车的巨轮发出隆隆的声音，

马渗出汗渍扬蹄前进；

炮座上坐着满身灰尘的士兵，

他们的脸棕黑，他们的手发亮；

他们是在抗战中立过功劳的人们，

现在还站在岗位上为人民保卫和平；

他们是中国人民的骄傲，

他们是轮中之轴，他们是眼中之珠；

他们过去了，群众以爱的目光远送，

旗帜还在飘扬，轮声还在震响，

而在这一切的上面，那光辉的太阳，

给城市、炮队、群众投下了万道金光。

1946 年，张家口

（首发于《北方文化》1946 年第 5 期，后收入《回声集》）

腰　鼓

以十面腰鼓作领导，
庆祝七月节的宣传队在街上经过，
从人群拥挤中发出绵密紧张的鼓声，
是战斗的音乐带头前进。

那些击鼓者都是农民的装束，
头上打着英雄结，腰间束着彩色缎，
身上穿着朴素的籽花裤和蓝布衣裳，
而灿烂的红绸飘在鼓上。

在敲打中他们跳踏，
有时是活泼的对舞，有时是擦着步前进，
他们的额上流汗，他们的眼睛闪亮，
他们是快乐和勇敢的鼓手。

轮声和喧哗被湮没了，

今天的街道已经不是昨天的街道，
只有激动的人群，只有战斗的鼓声，
　　给街道以新的激情。

　　人民从大街小巷走来，
店员离开他的店铺，工人离开他的宿舍，
母亲带着她的孩子，青年带着他的爱人，
　　全跟着鼓声前进！

　　鼓声在回旋急转，
像在暗示未来的危险，警告我们要注意！
啊！这紧张的鼓声，正是祖国在呼唤！
　　正是人民意志和力量的表现！

　　有如骤雨敲打屋顶，
有如惊涛拍打海岸，鼓声在汹涌奔腾，
永不停止和犹豫，只有一阵比一阵凶猛，
　　它带领我们向敌人挺进！

　　正义的愤怒的呼声呀！
你赋予鼓声以生命，向四处发出号召，
让反动派在强大的人民面前发抖吧！
　　让被压迫者的心一齐燃烧！

　　　　　　　　　1946 年，张家口

　　　　　　　　（收入《回声集》）

歌 唱 领 袖

一个响亮的歌声，

驾着风在飞行；

这歌声来自人民，

无论哪里都受欢迎。

　　它歌唱快乐，歌唱翻身，

　　歌唱英明的领袖，歌唱伟大的毛泽东！

人民从心里发出敬仰，

拿天地宇宙来赞扬：

他是太阳！他是月亮！

他是高山！他是海洋！

　　海洋不如他宽阔，高山不如他伟大，

　　太阳和月亮都有阴暗的时候，

　　毛泽东是永远光辉，永远灿烂！

人民感谢他的领导，

又从生活里面来歌颂：

他是春天！他是大地！

他是泉源！他是火焰！

　　火焰不及他热情，泉源不及他智慧，

　　春天和大地只给我们希望和粮食，

　　毛泽东领导我们建设新的社会。

军队出发前去战斗，

全体一律听他指挥：

他是舵手！他是司令！

他是战士！他是旗帜！

　　旗帜当中他最鲜明，战士当中他最勇敢，

　　舵手和司令指引我们胜利的路，

　　毛泽东率领我们打败一切敌人！

让歌声唱得更响亮，

让风把它传遍宇宙，

一切被剥削被奴役的人民，

团结起来，战斗前进！

　　为了和平！为了民主！

　　为了每人都获得自由！

　　为了世界上的暴君永远死灭！

　　　　　　　　　1946 年，张家口

　　　　　　　　（收入《回声集》）

兵车在急雨中前进

兵车在急雨中前进，

飘扬起士兵的歌声，

这歌声是勇敢的战约，神圣的誓言，

这歌声是人民的呼唤，家乡的祝福，

是自由与正义的声音！

为人民去战斗，一切人都成大勇者！

兵车在急驰，带着歌声向前去，

头上是低垂的云雾，

脚下是怒潮似的轮声，

汽笛便是万众的欢呼，

草舍、山丘、牧野都一齐回应，

轮声、笛声、歌声笼罩四野，

人民的大军在前进！

1946 年，绥远

（收入《回声集》）

湖光照眼的苏木海边

湖光照眼的苏木海边，

走着八个年轻的士兵，

戴着火焰般的狐皮帽，

浑身闪射着健康、快乐和青春。

他们是偶然掉了队，又偶然遇在一起，

现在自动结成小队朝前进。

他们时时爆发出笑声，使停落的鸽群惊飞，

这粗犷的笑声，是山里游击队员的本色。

他们朝前去，寻找正在作战的队伍，

在寂静的草原上，在湖光照眼的苏木海边。

1946 年，绥远

（收入《回声集》）

◉ **1947 年**

一九四七年

我看见你肩着步枪在烟雾中前进；

我看见你穿着士兵的衣服，以农民阔大的步伐前进；

而四面八方都在向你欢呼：

城市在向你欢呼，以被压抑的颤抖的呼声，

农村在向你欢呼，人民武装在向你欢呼，

以胜利的战斗和圆口大炮的轰鸣。

而你直着身子向战争走去，你是农民又是士兵，

你的脚迹遍及黄河长江，

遍及一切省份，一切城市，一切民族和一切阶层，

容忍退让的将不再容忍退让，

爱惜自己宝贵的生命的将不再爱惜生命，

畏缩的市民，斗争要走到他的家屋，

连那些见了血就要发抖的人也要拿起武器来。

这是几世纪以来最伟大的人民革命！

这是独立民主和平的新中国获得光明前途的战争！

我看见无数新的部队正在组织起来，

我看见农民穿上新的军装，他的妻子站在身旁，

反复地说着激励的话，在家乡的欢送大会上。

他们开到战场上，从战斗中缴来最新的装备，

炮队拉着闪光的巨炮，坦克和装甲汽车分布前进，

他们炫目的武器，使全中国人民信心百倍，

他们光辉的战绩，使全世界人民惊奇狂喜。

这是人民英勇奋斗的一年，这是胜利前进的一年，

一个新的光明幸福的日子正在斗争中诞生，

而暴君统治和黑暗正在挣扎中走向死亡。

　　　　　　　　　　　　　　1947 年，冀中

　　　　　　　　　　　　　（收入《回声集》）

人民解放军在前进

一

是谁，保持了自觉的纪律？

是谁，从心底里热爱着家乡？

那是我们人民解放军，无论到哪里都以家乡看待，

我们有各省的战士，我们是全国人民的军队。

我们走过绿色的平原，

太阳在上面照耀，大地反射着万种光辉；

我们走过清爽的树林，上面是苍翠，下面是碧绿；

我们走过熟透了的果树园，

我们向它欢呼，但果树叶子凝然不动，

没有谁用手碰它，战士的心里记着纪律；

我们走过闪光的湖泊，走过新近整理的田地，

走过有帆船在那里航行的河流和忙于秋收的村庄，

我们走在开阔的国土上，保卫自由的家乡；

在我们前面是骑兵、大炮、云梯、刺刀和步枪，

在我们后面是田园、妻女、羊群与茅屋。

二

同志们！我们是谁的人？

有谁在领导我们前进？

是什么赋给我们以无比坚强的力量？

我们是劳动人民的儿子！

共产党领导我们前进！

为人民的利益作战，世界上再也没有谁能战胜我们！

我们进入新近解放的国土，

从天边伸引到海边，在月夜中我们行进；

圆月照亮我们的大炮，浮云笼罩我们的骑兵；

村庄挂满了欢迎的红灯，

农民兄弟满心欢喜，在路边紧紧拉住我们，

母亲含着眼泪，注视我们每个人的脸；

他们在期待我们，用无声的言语在吩咐我们，

那是人民数千年的苦难，在我们背后严厉地督促着，

无数死难的亲人站在那里，不让我们延迟和退让。

三

是谁，不但能打胜仗，
而且在受了挫折之后反而千百倍刚强？
是谁，在枪弹叫啸中带头前进？
是谁，冲锋陷阵视死如归？
那是我们共产党员坚强不屈！
那是我们全体指挥员和战斗员上下一致！
那是我们的英雄身经百战视死如归！

在黄昏的田野上，兵团在会合急进，
交综错杂的队伍，织成一幅生动的图画，
好像烟雾，好像潮水，漫山遍野地浮动，喧腾，
这是我们经过长途急行军后，来到会战的场所，
黑夜里展开了伟大的歼灭战。
大地呀，在我们的脚下战栗！
炮火的烟云呀，使白昼黯淡，使黑夜生光！
突击队在硝烟中跃进厮杀，
战斗英雄在火光中匍伏前进；
照明弹愁云惨雾般的白光，
千万发子弹顷刻间的流泻，
寨墙在爆炸声中震动倒塌，
黑夜心惊胆裂地看到敌人全军覆灭，
遗留下人的尸体、马的尸体、弹药、武器、血和飞散的书信，

敌人所夸耀的军队烟消云散，他的死期到了。

四

呵，是谁在黎明中向我们致敬？
是谁用雄壮的声音赞美英雄？
那是胜利的旗帜向我们致敬！
那是祖国的山河在赞美英雄！
英雄呵！你不停地前进，越过高山，越过大河，走上万里
　长征的路！

1947 年，冀中

（收入《回声集》）

⊙ **1953 年**

在悲痛的日子里

一

不眠的夜，

多少颗希望的心守候着遥远的音波；

无言的夜，等待着黎明的、焦灼的夜，

有不可知的事物在寂静中发展着。

白天，带着沉重的心去工作……

而终于，我们所等待着的并没有到来，

不幸的消息使人心碎，

世界顿时苍白，

我们才知道了悲哀的全部意义。

谁能相信，

人类最智慧的头脑会停止思想？

共产主义伟大的旗手

会有一天突然垂下了双臂？
难道死敢于夺去人类最宝贵的生命？
在我们面前，在这一天，
天空突然昏暗，大地在风沙中喘息，
黑暗的云缠绕住每一颗痛苦的心，
春天也在哀悼伟大生命的消逝！

岗位上的战士，
在失神中黯淡了眼睛，
英雄的眉下出现了阴影，
他向着莫斯科垂泪！

二

隔着春天的树如隔着一层薄纱，
我看见苏联大使馆的前面，
无数人民排成整齐的队伍，
走向那缠着黑纱的旗帜，
走向那半明半暗的灵堂，
站在栩栩如生的遗像面前，
眼泪不由自主地滴落，滴落……

泪，
在灯光下，在静默里，
那为无可挽救的失望所哽咽住的痛苦，

都在这一刻尽情迸流；
关不住的河川，热辣辣的泪！
悲愁的颜脸，不测的深渊……
缓慢地进行着的哀歌，
把我们的眼泪载到莫斯科，
洒在圆柱大厅亲爱的人面前。

把花圈肃敬地献上，
上面是春天的花朵，长青的松枝，
那是最好的花朵，洁白而芬芳，
孩子们在早晨的露水中采撷，
又滴着眼泪插上，
它的每一瓣是一颗心，带着悲哀和敬意，
把花圈肃敬地献上，把心也随着寄去。

歌声，请你告诉我，亲爱的他
站在那里，手持一份《真理报》，
正在向我们说些什么？
我们见过他在果园中栽种小树，
也见过他在深夜里修理烟斗，
这样的人只给人以力量，不给人以悲伤，
他是不是在告诉我们关于生命的喜悦？……
歌声一刻比一刻强壮，
垂下的头抬起来。
外面正是春天，

一队前往吊唁的军队在街上走过，
坚定的步伐响着战鼓的节奏。
整个城市沉着、镇定，
有着坚忍不拔的精神，闪着钢似的眼光。

三

一个战士，
守卫在天安门前的广场上，
他雕像似的立着，极力向莫斯科眺望，
好像莫斯科不在千里外而在近旁……

亲爱的莫斯科，北京和你站在一起！
在丧失父亲之后，
兄弟们更热诚地互相扶持，
扶持那伟大的友爱向更高处生长，
雨雪给它滋润，风霜考验了它。

伟大的导师安眠在陵墓中，
种子回到大地上。
我们多么想再看他最后一眼呀！
莫斯科，你知道我们的心，
你把他的最后遗影从无线电波送来，
好像是作为一个回答。

我们看到他睡在鲜花中间，

奸像他只要甜睡一刻又会醒来，

好像他的眼睛只是闭了一刻又会睁开，

他的手指伸展着，好像等待我们和他握手；

他站着是一个巨人，

他躺下仍是一个巨人，

那宽大的胸脯内，一定贮藏着太多的爱，

死神不敢毁坏他或触动他，

历史的巨人正在睡眠中休息。

四

垂着黑纱的旗帜行列的城市，

有不可见的水珠在空气中凝结。

六十余万北京市的人民

排列在天安门前的广场和大街上，

与红场上的莫斯科人民同时

向伟大的导师和领袖告别。

莫斯科飘着洁白的春雪，

北京则是微雨的天。

二十八响礼炮自天安门前发出，

全中国同时响遍了汽笛的长鸣，

在沉默中我们看到莫斯科，

莫斯科就在我们心上。

二十八响礼炮射向阴霾的天空，

二十八响礼炮震动五岳四海，

二十八响礼炮惊醒了那过去不久的景象：

我看见了前进中密集的军队，

像梦中一样出现了飘飘的军旗，

战马载着红色的骑兵飞奔，

草原上闪着雪白的刀光；

我看见那万箭齐发的炮火撕裂欧洲的天空，

辚辚的坦克星罗棋布地在前进，

千军万马暴风雨般踏过敌人的尸体，

淹没了破碎的阵地；

我又看见黑龙江的森林涌出无数的军队，

瞬息间把敌人打得落花流水……

从察里津到斯大林格勒，从柏林到中国，

伟大统帅率领着英勇的人民，

反抗可耻的罪恶，

救助了全人类！

他把和平带到柏林，

他把自由带给中国。

啊！千千万万陆上的、海上的、工厂的、车船上的长啸的气笛呀！

你用最热诚的声音歌颂和平伟大的旗手！

歌颂一个伟大人物和他的伟大国家！

歌颂一个民主自由的新世界！

在那明朗的天空下，

有小孩的声音传来，

那芬芳的牧草，那繁茂的枝条，

颤动着银铃似的少女的歌声，

学校是开满鲜花的园圃，

从其中孕育出人类最纯洁的品格，

伟大的水道像天上的银河，

闪着光辉流入千年干旱的草原……

在邻近，在伟大的中国，

有新栽的小树和新落成的大楼，

新的铁道，新的矿山，

最近代化的新的工厂已经开工，

在那农村婚礼的夜晚，

有绣着心形的洁白枕头放在床上……

从莫斯科到北京，从乌克兰到山明水秀的江南，

亿万人的心中响着同一的歌声，

赞美劳动的光荣！

赞美生命的快乐！

赞美毛泽东！

赞美斯大林！

五

真理站在事实上面，

大地母亲的儿子不会被死战胜，

斯大林还活着！

他在旗帜上，他在著作里，
他在每一颗纯洁的心的最神圣的地方活着！
他的热情而亲切的声音和笑貌，
永远居留在爱情的最高处，
日夜关怀着全人类。

千千万万在斗争中的和平战士，
并没有被悲哀打倒，
活着的斯大林，
再一次用沉着的声音向我们号召，
全世界劳动者，
今天比任何时候都更加团结一致；
斯大林没有离开我们，
斯大林在他的岗位上。

和平的旗帜还在我们头上飘扬，
一个坚强的手在擎着它，
向共产主义前进的脚步，
发出如雷的声音，
在万头攒动的人民行列的上头，
一个巨大的身影高高地升起；
斯大林没有离开我们，
斯大林在领导我们前进！

1953 年

（首发于《人民文学》1953 年 4 月号，后收入《回声集》等）

风景素描

早晨看太湖的早霞

早晨，走上青色的山坡，

看周围的景物在光明中闪烁；

开阔的湖上张挂着花束般的云彩，

照它的明镜就是那碧绿的水波。

归来的渔船好像从湖上跃出，

远行的飞鸟却向太阳升起的地方沉没；

祖国到处都有振奋人心的山水，

最动人的还是这无限热情的太湖。

西湖的黄昏

落日最后的光辉刚从塔上消逝，

中天明月已经出现在平静的水底；

劳累一天的船夫踏上堤岸，

收音机播送北京的歌曲前来迎接。
湖滨的灯光在水面结成一串珍珠，
远山和近树化为一袭轻盈的衣履，
西湖现在正如一个静坐的少妇，
手持一面明镜在黑暗中沉思。

金刚并不怒目

我走过杭州的许多大寺，
进门总看见金刚笑目相迎，
无论它手里拿着琵琶或是雨伞，
眉宇间总有和悦可亲的表情；
塑造它的那些无名作者，
都是心地善良的劳动人民。

玄武湖上的春天

我看见那些系着红领巾的少女，
击浪扬波在那春天的湖上，
太阳照射她们洁白的衬衫，
嫩绿的柳丝拂着她们的小船，
而风吹动她们的头发，吹动激溅的水花，
把她们的歌声和笑声传到天上，
这时我敢说，玄武湖有了她们，
这天空，这波浪和杨柳才真正漂亮！

1953 年 5 月至 6 月

无题（小轮船）

小轮船在浪花、漩涡

和礁石间前进，

水流有时凶猛，有时平静；

山，黄色的山，绿色的山，蓝色的山，

合成次序重叠的江岸，

上面有雾在飘流。

每一棵树都是美丽而亲切的树，

每一弯沙滩，每一只帆船，

都唤起我对于乡土的爱情。

而那江面上，有无数的礁石排列着，

它蹲伏着，有如一群野兽，

每一个礁石都是船夫憎恨的敌人，

什么时候让我们用千吨的炸药，

把它粉碎，把它毁灭

让这可爱的闽江上，

出现水闸，出现电厂，

并且在平静的绿水之上，
航行着巨大的白色的轮船。

1953 年 10 月 27 日

观察哨上的夜

没有一颗星光，没有一块灰白的云，
大地被包围在最深沉的黑夜里，
一切的人都去睡眼，
警醒的只有海岸的哨兵，
在楼上耸立他的黑影。

粗大的雨滴打在楼台上，
像沙粒调皮敲击着玻璃窗，
田塍上的防风草，
在黑暗中发出他的呼啸，
窗缝和壁隙也一起歌唱，
冬天的海岸在风雨中多么悲壮！

船只回到港内，灯光熄灭了，
只有那喧腾的大海，
在浓重的黑暗中闪现绿色的微光，

把天和地截分出来。
而雨滴落在海面上，喷出一粒粒的水珠，
它跳起，它滚动，它消失，
它把海洋清楚地呈现在哨兵的眼中。

在这风雨的晚上，
有谁敢行驶在这愤怒的海洋，
但是，哨兵仍睁大眼睛在搜索，
一直到两眼感到疼痛。

他明白今日人民普遍的心情，
他明白岛上敌人在惊恐中将会做什么，
他有的是镇定和自信
以及一颗最大警惕的心。

1953 年 11 月 9 日

海　岸

故乡的海岸。

祖国边疆的海岸。

面对着大洋伸出花岗岩的礁石，

有白色的浪花为它绣边。

潮水升起又降落，遗留下美丽的贝壳

铺陈在未经践踏的洁净的沙滩上。

风，以温和的手指抚摩我的脸颊。

云，每一秒钟都在变幻它的形状。

我知道，在那水边岩石上新修的小屋，

有警惕的哨兵在瞭望……

被保护的风帆沿着海岸静静地流驶，

它们穿过早晨的雾，穿过中午耀眼的波光，

穿过落日时候染红的海面，

我看见小船激起白的浪花和泡沫，

稳定地抛出它们的渔网，

而当黑夜深沉，港湾内闪烁着微弱的灯火，

那是捕鱼的工作彻夜在进行。
有时，浓重的云带来冬天的微雨，
我看见那些勇敢的渔人，架着小小的竹排，
一手持着桨，一手拉着网，
好像他们不是站在竹排上而是站在波浪中。
那亲爱的雁群，伸着灰白的长颈，
在海洋的低空逆着风在飞行……

我爱那艰险的生活！
我爱这贫瘠的海岸！
在这里，一年四季只有飞沙和芒草，
只有地瓜以低伏的藤蔓紧紧地抓住土地，
只有可怜的小树，
在海风的疾飞中奋勇地挣扎着……
但是，新生的祖国也给这里带来了生气。
我看见群众在广场上集合，会议在深夜里召开，
我听见少女的歌声婉转入云，
戴红领巾的孩子在打球，不时发出尖锐的叫声。
荒凉的海岸已不再荒凉了！
这里白日满眼光明，黑夜闪着希望的火光，
我看见一个小小的家庭围着小油灯在念书。

多少年以前，人们
从这贫穷的海岸出发，
向遥远的国度去寻找幸辐，

他们走过多少岛屿，看见的只有眼泪和悲伤！

现在，该是流浪者回家的时候了！

他们来了，带着一颗被伤害的心，

回到他们曾经抛弃过的海岸，

他们才知道幸福不需要到远方去寻找。

天，在蔚蓝的海上更加蔚蓝。

大地，从沙土下面伸出绿色的萌芽。

我知道新的生活正在日夜加速前进。

人呀！

不要再幻想那白茫茫的远方

有什么黄金的国度！

幸福已经在这里生根，

等待的是手的劳动和汗的滋润……

1953 年 11 月，福建泉州

（首发于《热风》1957 年 9 月号，后收入《回声续集》）

春　风

春风来自东海，那里有长鲸浮在水面，
它的头上喷着泉水，它的身后
绣着白的浪花。
春风来自南方，来自太阳眷恋的国土，
那里青松满山谷，芭蕉沿着水边生长，
它们互相争辉斗绿，
天地如大块翠玉。

经过青山和城郭，
经过人群车辆喧哗的渡口，
以温柔的手指拭干船夫额上的汗，
经过正在举行婚礼的
吹着笙歌和芦管的农家庭院，
春风来到北京的城楼，
来到天安门前的广场上，
带来海上渔夫的敬礼

和田中农人的思念，
春风和那鲜红的、金星照耀的
丝绸的旗帜相拥抱，
然后又在光明的高室中一同奔跑。
这时，地上万目举向高空，
仿佛有神奇的乐曲在天上演唱。

有时，春风来自干旱的戈壁，
来自苍茫的草原，
带着滚滚的黄沙遮天盖地；
或来自积雪的天山，
来自万丈的昆仑，
随着大鹏鼓翼扬尘十里，
山野为之震动，草木为之摧折……
春风在辽阔无边的国土上飞翔。

经过勘察队正在攀登的高山，
经过奔腾的江河
掀起滔天巨浪，
经过飘着长长烟缕的
像城市一样庞大的钢铁工厂，
春风飞向炽烈战斗的朝鲜，
飞向英雄的阵地，
以壮人心魄的呼声，
同那摇山倒海的炮火和那飒飒发响的战旗

一起向敌人冲杀过去。

这时，全世界人民把耳朵侧向东方，

在这里他们听见了历史的脚步声。

　　　　　　　　　1953 年，北京

　　　　　　　（收入《回声集》）

邱 少 云

如一支火炬在白日里冒烟，
他焚烧在朝鲜晚秋的山坡上。

那胆怯的敌人盲目发射的燃烧弹，
烧着他身上伪装的山草，又烧到他身穿的军装。

他可以直立起来，把衣上的火苗弄熄，
但他坚守着潜伏的纪律，因为敌人近在眼前。

他想带着满身火焰和仇恨向敌人扑去，
但进攻的时刻没有到，他要保护战友们的安全。

秋天的野花如晨星在荒草中闪烁，
潜伏地一片安静，只有风在山坡上叹息！

他近旁的战友都用焦灼的眼睛盯着他，

那顽强的火苗就像嘶鸣在每个战士的心里；

他们恨不得立刻起身去救他，
但他们一样是好战士，心怀着整体和纪律。

背上已经烧烂了，火延伸到头发上，
他十个手指的指甲，深深插进坚硬的土地；

他知道马上就要被烧死，
但他比死更强，他看到胜利。

他忍受肉体上难言的痛苦，
却镇定地用英雄的话激励近旁的战友；

他说：胜利永远是我们的，不要管我，
但我未完成的任务现在要交给你。

他把最后的目光转向祖国，
他看见祖国在和平中建设，妹妹在灯下念书；

他看见可爱的家乡在向他微笑，
在新的松木的窗户下，母亲正在辛勤地纺织。

他含笑向亲爱的祖国告别，
那关起来的睫毛上还挂着晶莹的泪。

为了把光明献给新世界，

他不惜把自己烧成灰……

1953 年

（收入《回声集》）

种 子

夏天，山谷里一片碧绿的稻田上，
中国战士和朝鲜农民正在并肩劳动，
夹着硝烟的风轻轻吹舞着修长的稻叶，
沉重的谷穗预告着今年将有好的收成。

　　但是，曾经在这田里劳作的任廷昌，
　　已经长眠在这离家千里的山坡上；
　　锄草时他被敌人的炮弹夺去生命，
　　他的血渗入地下，他的血灌进新的谷粒中。

秋天，村子里召开一次庆祝丰收的大会，
在会上通过一项决议，把田里的收成全作种子，
让自由的土地上永远播种着这样的种子，
让子子孙孙永远食用着这伟大的谷粒。

　　英雄并没有就此离开这土地，

他的生命年年都在禾苗中继续；
他在山谷野花的芬芳中呼吸着，
夜晚的篝火旁人们还念着他的名字。

我敢说：朝鲜人民是世界上最热情的人民！
冬天，他们又把这大米制成年糕，
通过风雪的道路，送到烈士生长的祖国，
小小的礼物，象征着两国人民生死的情谊。

在烟云弥漫的白天和炮火照明的夜晚，
两个伟大的国家亲昵地并肩站立着
以真英勇的战斗保卫明日世界的种子，
把和平友谊献给新的人类！

1953 年

（收入《回声集》）

罗森堡夫妇

沿着监狱的高墙，

沿着黑暗的廊下，

杀人的电流无声地行进。

而在灯光明亮的房间，在电椅旁边，

站立着面无血色的武装宪兵……

用金元喂肥的将军、法官、企业主和军火商人，

都坐在他们的筵席上屏息等待着，

等待着他们所憎恨的牺牲者的死讯。

一个养育流氓的巢穴，

一个制造强盗和匪徒的国家，

一个习惯于受贿和撒谎的政府，

杀死一对拥护和平的公民、诗人，

只需一个捏造的罪名和三个骗子的"见证"！

通过特务和酷刑吏的行列，

通过铁的窄门，

两个青年，一对相敬相爱的夫妇，

镇定地坐上杀人的电椅……

他们的头额高过白宫的屋顶，

他们的双肩担负起全美国的悲哀。

他们心里充满着正直、热情和信心。

战胜卑鄙的引诱和死亡的恐吓，

把真理放在生命之上，把裁判交给人民。

呵！希望和信仰的星光！

我看见你在太平洋彼岸的上空闪烁。

在那儿，大块乌云在缓慢地移动，

战争和恐怖的乌云，无声地扩大着，

而在云中，你星光，突破黑暗的包围，

出现又消逝，消逝又出现。

一切反抗的力量正在集合起来，

人民要选择自己的道路。

那曾经哺养了林肯和惠特曼的民族，

如今没有人再称它是自由的民族，

自由神的头已被砍下，屠刀高悬在纽约港口，

战神在那里坐定，他一手拿炸弹，一手拿法律。

没有人能知道明天将怎样，危险在窥伺着，

但是人民奋勇前进，枪弹打不中他们的心。

呵！正直的人，不可征服的善良的心，

我们敬爱的罗森堡夫妇，光明和纯洁的象征！

你们生在那邪恶当权的地方，

那里的土地不适于正直的步履，

那里的道路布满害人的陷阱，

在你们被囚禁将近三年的痛苦日子里，

那些浸手在别人鲜血中捞取金元的人，

枉费心机地日夜进行恫吓和欺骗，

要你们用清白的嘴说出污秽的谎言，

要你们出卖美国人民，要你们诽谤伟大的苏联，

而你们两人一致的回答只有一个：不能！

你们忠实于明天的玫瑰，

无畏地宣布了对和平世界的无限信心；

你们简单地打退了敌人的进攻，

你们的骨头坚硬！

英勇的鸽子，受到闪电的袭击！

英勇的战士，遭到残暴的杀害！

全世界人民愤怒的拳头，

一齐举向喷着血点的白宫。

那个杀害无辜的地方受到人类的唾弃，

它在死者巨影下暗淡无光。

而你们，你们刽子手！

卑怯的恶汉！

你们开动全部机器，杀害一对心地纯洁的人，

并不表示你们强大，只更显出你们愚蠢；

因为正义是不可摧毁的，

坚持正义的人也是不可摧毁的；

他们在别的年轻人身上活着，

专制的暴虐者呀！

他们活在战斗的伙伴中间，准备着最后消灭你们！

1953 年

（收入《回声集》）

绝句二首

玄武湖上的春天

我看见一队少女在击浪扬波，
太阳照射她们如一群洁白的天鹅；
而风吹乱嫩绿的柳丝和她们的头发，
向每个心灵唱着青春的歌。

太湖的早霞

天空罗列着无数鲜红的云的旗帜，
湖上却无声地燃烧着流动的火；
归来的渔船好像从波中跃出，
转眼之间它已从火上走过。

1953 年

（收入《回声集》）

冬　末

进来吧！我的心门开着。
进来吧！带着落叶的风，
你是否要在那熄灭了的炉灶
鼓舞起新的火光？

进来吧！那从灰色天空降落下来
闪着银光的冰冷雨滴，
通过一切可能的隙缝
注入我这渴望滋润的心吧！

我又举起双手欢迎，今年的初雪
在枯寂的冬天的道路上
它带来了平静的喜悦
并在我心上，唤醒最后的爱。

1953 年

（收入《双虹》等）

无题·在烟雾和柳树的后面

在烟雾和柳树的后面
那升起的红色的太阳
是我对你的爱

它从终古以来
就一直沿着不变的轨道
不慌不忙地前进

我爱祖国,你也爱祖国
让我们两个在一起
献给它以双倍的爱

1953 年

(收入《倾诉》等)

舰 队

这是在黎明的时候，
在青色的海港和蓝色的群山之间，
在微风吹动海水
掀起层层白浪的上面，
我看见舰队的主舰上
飘起出发的蓝色信号旗，
像长蛇一样在风中嘶鸣着；
舰队升起无数的烟缕，
缓慢地离开了海岸。

穿过绿色的岛屿，
穿过蔚蓝的波浪；
在绿色和蔚蓝中间，
舰队的红旗如黎明和火焰一样飘扬。

1953 年

水 兵 歌

在保卫和平伟大的年代，怀着对祖国无限的爱，
年轻的水兵乘风破浪，五星红旗在海上展开；
像烈马在蓝色的草原奔驰，像雄鹰向盖雪的山峰飞去，
强大的舰队出发海上，要埋葬敌人在万丈海底。

　　　管它海风咆哮如豺狼，
　　　管它浪涛重叠如山风，
　　　祖国和毛主席在关怀水兵，
　　　水兵永远以歌声来回答风浪。

我们生活在最动人的年代，社会主义已照临东海，
不能再在港口停泊了，更光荣的任务已经到来。
向岸上的战友告别吧，请他们等待胜利的消息：
舰队要和横海疾飞的银燕，并肩解放自己的领土台湾。

　　　欢呼吧，你永无止息的波浪！

歌唱吧，你不安静的亲切的风！

敌人别想再在海上耀武扬威了，

更大的打击就要落在他的头上！

1953 年

近　故　乡

天上乌云遮没太阳，
为什么大地还这样光明？
秋天已经过去，冬天已经来到，
为什么山川草木还这样青？
远离家乡的人回到家乡，
为什么心里一刻也不能安静？

那是因为美丽的乡土
无论什么时候都闪射着万种光芒！
那是因为太阳永远眷恋着南方，
给它一年四季温暖如春，
那是因为年轻人有一颗灼热的心，
家乡更加想念心爱的人。

1953 年

⊙ **1954 年**

三江口雾夜

头顶上露出一方遥远的星空，
四周却围着连绵不断的雾墙。

无风的水面如黑暗中的明镜，
它只在近处才闪现迷惑的光。

山，已不再引路，
海港，分不出西东，
受惊的野鸭也不敢飞起，
只慌乱地击着它的翅膀。

只有那英勇的渔夫同着他满载的船，
仍然在一面前进一面吹起嘹亮的海螺。

那声音穿过浓雾开辟自己的路，
暗夜的山传来它遥远的回响。

1954 年 1 月，福建

（收入《回声续集》）

雨中金清港

茫茫的江水闪着清辉，
细雨的帘幕好像玻璃。

在春天寂静的江面上；
只有一叶小舟，一片布帆，
载着一队年轻的战士，
接受海防的任务，
向茫茫的雨中驶去。

这时岸上行人都停步目送，
以手中的伞举向他们致意。

在静寂中，在无言的喜悦中，
群山也同着它的倒影含笑相望，
好像那船上载的不是士兵，
而是人民的信心和希望，
前进在祖国蓝色的边疆。

1954 年 2 月，浙江

（收入《回声续集》）

舟 山 早 春

雨丝遮断青山，
它一会儿飘洒，一会儿又突然消散。

田野溢满了绿色，
路旁的油菜花比阳光还照眼。

山茶在岩上怒放红艳的花朵，
骑牛的牧童绕着小湖走过。

春天在雨中唱着慢声的歌。

海水一夜间尽成黄色，
一切经过的船只都张挂湿的布帆。

港湾里响起阵阵的锣鼓，
那是人们在欢送渔船的队伍出发。

每一支桅杆都飘扬着旗帜，
每一双眼睛都满含着热望。

海上丰收的季节又到了。

1954 年 3 月，浙江

（收入《回声续集》）

早　　晨

早晨，

在大海宽阔的胸腹上，越过透明的大气

和光辉的水流，

我看见一个巨大的船队正在出发，

它的前列已走入大洋，远远只望见闪光的帆，

它的纵队正在我面前经过，可以听见船头的浪声，

而它的后续还在港内，正慢慢地向海口前进；

浩浩荡荡的船队占据了整个海洋，

如无数的星星布满了明洁的天空。

看哪！那欢乐的波浪前后拥挤，

一致地向船队举起祝贺的酒杯，

那迅疾的风鼓起饱满的帆，

那帆像有生命的鸟，正在冲开波浪展翼飞升。

这时，云在飞驰，海在扬声，

祖国和平与繁荣的标志，那巨大的船队。

正在向太阳向无限的广阔前进，前进。

1954 年，福建

（首发于《人民文学》1954 年 8 月号，后收入《回声集》）

海上歌声

一

是什么奇妙的音乐，通过梦中的路
向我走近？
哪里来的歌声，惊动了海岛清晨的寂静，
将我从睡梦中唤醒？
声音像线，穿过门缝，在士兵的寝室里
萦回不息。
我起来，走到观察兵的哨位上，
在寒冷的早露中，
静听那遥远的歌声。

这时，黑暗中的浪潮有节奏地冲击岩岸，
如同海在呼吸。
远方的歌声有时清晰，有时迷茫，

海于是屏住喘息，它在寻找歌声的踪迹。

这是和平海岸的歌声，
（被祖国派遣来守卫海岛的士兵，
都热爱这歌声。）
这是祖国向匪盗盘踞的金门岛，
发出广播的前奏曲——《东方红》的歌声。
这歌声响彻了黎明的全部庄严与美丽，
这是大地与江河以最激越的歌喉
在歌唱欢乐的黎明！
这是一个苏醒了的伟大国土的人民
用大海一样宽广的嗓音，
在歌唱自己的带路人！
啊！这是亿万人民欢声众多的河流，
汇合为无比壮阔的音乐的海洋，
其中燃烧着对领袖强烈的思念，
和那在生命中最宝贵的对祖国的爱情。

二

啊！歌声！你使我想起在这海峡的上空
因为你而引起的无数次斗争。
敌人最初企图用炮火摧毁你，
因为他们害怕真理，他们也害怕歌声！
然而你有最坚强的保护者，

我们的海岸炮立刻给予无情的回击……

敌人又把他的士兵关在屋子里，

外面敲起震耳的锣鼓，来扰乱你正义的呼声。

而你依然在夜深人静的时候，在黎明到来的时候，

用你洪亮的声音，报告祖国坚强的意志，

报告和平建设的消息。

歌声作为语言的向导，

歌声代表祖国，代表真理，

向敌占岛屿的人们

号召斗争。

三

歌声飞过海上，

飞向陡峭的岩岸，飞向寒冷的沙滩，

飞向孤苦伶仃的金门岛的荒山。

那里的水面看不到一只渔船，

港湾里蹲伏着散布死亡的铁甲舰；

那里的上空弥漫着忧愁与痛苦，

而饥饿和疾病正在匆忙地工作。

那里被奴役的年轻人，

为永远的悔恨所侵蚀；

那里被投入火坑的妇女，

在屈辱中啜饮带血的眼泪。

——我听说敌人掠夺了许多妇女，

组成大规模的妓院交给他的军队，
于是弟弟在夜里遇到他的姐姐，
哥哥在早上认出他的妹妹……

穿过无风的平静的海面，
穿过那为歌声所震动的黎明前的雾，
我清楚地看见遥远的岛上，
有人形的黑影在沙上弯着腰，
在白色的海滩上踯躅。
我知道，那是失去自由的无数人中的一个，
那是敌人从大陆撤退的晚上，
用绳索捆绑而去的农民；
那时他的父母跪在地上哀告，手持着昏暗的灯笼，
而凶恶的敌人一脚就把他们踢倒……

广大而沉思的黎明前的海洋，
震荡着祖国亲切感人的歌声。
歌声从云间降落，歌声从水中跃出，
有如一道温暖的光，把希望给予绝望的心！
有如清晨的微风，吹拂那在痛苦中煎熬的灵魂！
歌声使心得到鼓舞，
勇敢的人们将起来行动！

四

啊！有多少英勇的悲惨的故事，
发生在这冲击着两个岛屿的急流上！
有多少热望着自由的生命，
冒着最大的危险横渡这海峡！

那是中午时候，海上传来紧急的枪声，
一场剧烈的搏斗正在小岛上进行：
十个起义的士兵，枪杀了二十八个敌人，
十个起义的士兵，驾着一只小船，
穿过起伏的波浪，向我们的海岛如箭般驶来，
而敌人的炮火正在猛烈地追击。
他们上岸，他们说："我们终于回来了!"

而许许多多的夜晚，许许多多的海岸，
都有人浮过险恶的海流向着大陆：
他们有的抓着一个篮球，有的剥下车胎，
有的坐着木桶，有的抱着锅盖，
有的胸前绑着一根庙宇的桁梁，
他们越过敌人的警戒，战胜了无情的波涛，
他们筋疲力尽地投身在祖国的沙滩上，
感到孩子投身在母亲怀抱里那样的快乐。

我知道有人在海里漂流了三天三夜，

涨潮把他冲向大陆，

退潮又把他打回无名的礁石上，

寒冷与饥饿折磨他，家乡的思念鼓舞他，

他终于用软绵绵的双手爬上祖国的海岸。

我也知道，有多少意志坚决的人，

在海峡的中流被无情的浪潮冲走了，

当他已失去抵抗逆流的最后力量，

他沉没了几回，他又露头了几回，

但愿没有一滴眼泪凝结在他的睫毛上，

海水会把它冲洗……

我相信，他的身体虽然沉入海底，

他的灵魂却还航向岸上。

五

歌声还在震响，

海上已升起红色的太阳，

在祖国最前哨的海岛上，

一天愉快的生活又在开始；

起床的士兵推开向海的窗子，

微笑着把带水分的气流大口吸入，

引向哨所的羊肠小路，

下岗的战士正在采撷带露的野花。

于是我走上绿色的山冈，

看万物在晨光中欢笑；

红薯在地里摇动它蓝色的小花，

鱼群跳跃着在近海的水面经过，

而沿着新修的海滨公路，

光脚的少女正背着书包去上学，

我清楚地看到她的脸上，

有葡萄酒似的红润光辉在照耀。

一只羞怯的小鸟，藏在草底下

向太阳唱着热情的歌；

我也向祖国唱着这支歌，

应和那早晨庄严的歌声。

1954 年，福建

（首发于《人民文学》1955 年 5 月号，后收入《回声集》）

风 和 水 兵

风啊！风啊！

你是大海的朋友，水兵的爱人！

你带来岸上花的芬芳

和草的凉爽，

抚爱船上的旗帜和我的心。

你吹起我帽后的飘带，

用激动的声音向我诉说衷情；

你把飞溅的水花泼到我的脸上，

我感到是你清凉的嘴唇在亲吻。

你那粗犷不羁的爱，

只给那最坚强的灵魂。

风啊！风啊！

你是大海的朋友，水兵的爱人！

1954 年，福建

（收入《回声集》等）

三个巡逻兵

夜间，
风声带着雨滴。
海上涌起戴雪的山峦，
而天空却钢铁般发黑。
在冬天的夜晚，人们说：
最好是早早去睡眠……
但是，在那寒冷的海滩上，
三个巡逻兵正在雨中缓慢前进，
心里想着祖国的安全，
眼光极力穿透黑暗。
当孩子们上床睡眠，
情人们已不在公园谈心，
三个巡逻兵，响着轻轻的脚步声
和大地诉说着士兵对祖国的爱情。

1954 年，福建

（收入《回声集》等）

远　　望

> 登高丘，望远海。
>
> ——李白

啊！生命以至高无上的欢乐，

在祖国海洋上放声歌唱！

十一月的天空，载着淡淡的云彩，

有白色的海鸥鼓翼飞翔，它的影子

如一片叶子飘过水上；

分布出港的渔船，割出丝丝发皱的波纹，

如天上的星星，在蔚蓝的海面

放射着摇动不定的光芒；

上升的水气，带着淡蓝的颜色，

在寂静的水面火焰般燃烧……

看无限的生命蓬勃生长，

我的眼睛，我的心，

满怀希望向着海洋。

近处已不见殖民者黑色的船只，

也不见帝国主义灰色的兵舰，

它们曾经像一道墙一样，

紧紧包围我们漫长的海岸。

就在这墙下，我们开始了流血的斗争，

就在这墙下，我们推翻了他们的统治。

我们在战斗中生长起来的海上卫士，

正在用锐利的眼睛搜索海洋，

等待着出航的命令。

我们将冲破那天际灰白色的雾，

去解放任何一个本来是我们的岛屿；

在我们海洋中任何一片礁石上，

都不容一个逃窜的匪徒存身！

我们是自己海洋的主人，

是海洋的战士，也是海洋的建设者。

我知道，这里将出现我们自己的舰队，

像白色的巨鸟浮游在蔚蓝的水上，

我们自己的轮船，也将运载着中国的友爱，

越过辽阔的海洋，送到全世界。

啊！海洋呀！今天你是这样芬芳，这样洁白，

你就像新娘子在婚宴上那么动人：

淡青色的云，是你飘扬的丝绸的头巾，

而云影和岛屿，有的深蓝，有的浅绿，

是你衣裳上朴素的花纹，

我们一定要在这上面，再绣上雪白的玫瑰，

我们的轮船，我们的兵舰，

一定要把你装饰得更庄严，更漂亮。

这样的日子正在向我走来，

它不久就要在我的面前出现。

　　　　　　　　　　1954 年，福建

　　　　　　　　（收入《回声集》等）

沈家门渔港

这里是渔人的水寨！

船的营垒！

在沸腾汹涌的浪涛之上，

无数的桅樯组成重叠的城壁，

上面是标志着大队和中队的旗帜，

下面是给养和交通的小船络绎不绝。

太阳出来，船队升起浓重的炊烟，

在水上结成一层灰蒙蒙的雾，

它遮断高耸的桅杆和直立的布帆，

就像烟云缠绕着古代的城墙和楼船。

而傍晚日落时候的霞光，

照耀那密密的飘扬着的风旗，

我仿佛再见古代水师的战阵，

听见那遥远而又响亮的战声。

我从来没有见过比这更庄严的气象，

和比这更活跃的生命！

不安定的浪潮日夜汹涌，

混浊的波涛永远在冲击，

而穿梭来往的渔夫，

无论何时都在大声呼喊，

他们紫色的胸膛金属般发亮，

那是海浪在他们胸上浇了青铜。

红色的风旗在高处飒飒作响，

好像永远在催促他们快些出航

再到那风波险恶的海上！

再到那劳动战斗的大洋！

1954 年，浙江

（收入《回声集》等）

夜 泊

港湾内布满了渔船小小的灯光，
在水底下都变成了光明的杉树；
可是夜在海上撒下薄薄的雾，
却连最明亮的月光也穿不透。
我听见微波在向船诉说温柔的话，
但桅杆上的红旗却还在与风搏斗；
那些落帆而停泊在一起的船队，
在梦中也还未忘记它风波的路。

1954 年，浙江

（收入《回声集》等）

蓝衣的炮兵

一

当红日东升，天边环立着壮丽的云，
我走向宁静而活跃的海滨，
眺望海上灿烂的金波
和天上巨大而光明的晨星。
眼前是白沙，海潮挟着泡沫向它卷来，
在礁石上飞起四散的浪花。
浮动而深沉的海流，有帆船在疾飞猛进……
一切都使人心神振奋——
而最动人的，是那迎风独立
为朝日所辉耀、为彩霞所衬托的
蓝衣的哨兵。

我永远爱着我们纯朴的战士。

在战争最残酷的年代，
用起泡的双脚丈量祖国的全部土地，
翻山过岭，走尽有名和无名的道路，
带着一颗最伟大的心。
现在又为恢复祖国的全部领海，
保卫世界的和平，
来到这多风而荒芜的岛上，
道路自己开，房屋自己盖，
每一块石头都留有血丝，
每一寸土地都饱吸汗滴；
坚强而庄严的阵地，为爱情和斗争所孕育，
从战士的怀中和手中诞生。
那一座座白色的炮台，像一朵朵怒放的花，
整个海岸流动着芬芳和生命。

大地上还有什么
能比浪涛汹涌的大海
更为壮丽！
然而谁掌管着它？谁是它的主人？
那是和平忠勇的战士！
那是祖国年轻的炮兵！
那英俊的身影，傍着威武的大炮，
使天空和海洋更加壮丽！

二

无论是晴日放射炫目的光芒，
或是疾风卷起飞沙的阴天，
蓝衣的炮兵，
冒着炎热和寒冷不停地操练，
他们汗湿的衣裳，
如泉水刚洗过的岩石那样透亮。
我看见他们为太阳晒黑的脸，
永远闪动着快乐的光辉
和对祖国的深情。
我听见炮长坚定的口令声
和战士们勇敢而迅速的回应，
声音里有着对自己威力的确信
以及维护和平的胜利的信心。

我看见新参军的战士，
用农民粗大的手，
温柔地抚摩闪光的大炮，
就像抚摩他新婚的妻子。
他们夜以继日地保护它，拭拂它，
那光滑的炮闩甚至可以照见人影。
我看见有三年军龄的战士，
已经在他们的学习小本上

写满了复杂的射击的公式与数字。
而那些身经多次战役的老战士，
对于新式大炮每个机件的性能，
就像老朋友那样熟悉。
从一字不识的农民，
到掌握现代技术的国防兵，
他们已经走了多么远的路程！
时间已被他们赶过，
奇迹在他们手上创造。

白昼在紧张的操作中过去，
夜晚带来清新凉爽的海风；
人呀！
多么渴望完全的睡眠。
可是我看见，在阵地的每一角
都有不疲倦的哨兵在守望。
而当山上的警钟紧急地敲打，
睡梦中的战士一跃而起。
我要说：战士们是从不休息的，
因为我们的祖国也从不休息。
在和平建设中的祖国，
是由他们创造，也由他们保卫。

我看见在他们的保护下，
和平生活正在不慌不忙地前进：

阵地面前的公路，农民赶着牛车经过，

车上高高地堆着新摘下的菜蔬；

上山割草的青年经过，上学的孩子经过，

他们经过阵地面前，他们走在公路上，

这是祖国千万条公路中最边缘的一条，

他们却泰然自若，有如在祖国的中心一样。

三三五五的渔船，也从这里的海上经过，

那侧斜的风帆像是向着岸上致敬，

最边远的海滩上，也有拾蛤蜊的少女，

当她休息的时候，总爱仰望这里的哨兵；

他们信赖自己的保护者，

他们信赖坚强而警惕的炮兵。

三

这里是祖国东南的门户！

这里是风吹浪打的海岛！

无数的港湾，无数的礁石和浅滩，

围绕着一个深邃的海港。

这里是钢铸的国门！

不沉的军舰！

这里是国防的最前线！

百十年来，我们的海洋大敞开，

钥匙不归我们自己掌管；

我们的宝藏被抢走，国土被蹂躏，

我们的海岸没有武装……

被凌辱被欺侮的时代已经一去不复返了！

今天，在我面前，

一尊尊的大炮，

高高地耸立在岩石上，低低地俯伏在海滩上，

在险峻的山峰，在崎岖的小岭，

在惊涛拍打的礁石岸上，

为祖国筑成了钢铁的屏障，

护卫着和平建设的土地。

我爱这庄严的炮垒！

我爱这新时代的新事物！

在曲折起伏的阵地上，

有战士手栽的密集纵横的龙舌兰，

伸开它有刺的坚硬的绿叶，

就像是无数怒张的剑丛与刀山；

那修长的芦苇随风摇动，

它的白花在夕阳燃烧下变成红色，

就像是无数飘扬的战旗。

野生的番石榴树，覆盖在沟渠上，

而绿草和红蓼，一直蔓延到工事旁。

风在长吟，浪在歌唱，

祖国的海岸多么生动！

可是我不仅仅在赞扬壮丽的风景，

我更加赞扬我们的力量！

我赞扬新生的祖国！

赞扬创造这一切、保卫这一切

那身经百战、勇敢的、智慧的

那黎黑的脸上转动两颗雪亮的眼睛的

我们蓝衣的海岸炮兵！

1954 年，福建

（收入《回声集》）

浪 的 自 白

白浪攀着船舷，
用磅礴的声音向我说：
"我是浪，我是自由的象征，
又是和平忠实的拥护者。
对于强权我不屈服，
对于战争我不能容忍。
当我看到杀人的强盗和侵略的兵舰，
我举起散发的额头，
张开龇牙的巨口，
吹送寒冷与恐怖，
而后让黑暗的深渊把他们吞没……
现在我遇见了你们，
你们是自由的孩子，和平的警卫，
我摇动万千花束，
唱着不息的歌，
高高举起欢迎和祝贺的酒杯，
在它上面泛满喷香的泡沫。"

1954 年

（收入《回声集》等）

水 兵 的 歌

早晨的阳光抚摸我的头顶，

向上抛掷的水花沾湿我的衣裳，

沿着船舷和光洁的炮位，

我一面走，一面望着祖国万顷碧波的海洋。

回忆那战争最残酷的年代，

我通过多少次的战斗逐渐走近你，

仿佛你就是祖国的自由与胜利的标志，

为了走向你，我已踏遍祖国的一切道路。

我在崇山峻岭中跟着游击队，

深夜里去袭击来自海上的侵略者，

为了解除敌人对祖国的土地和海洋的凌辱，

我们从乡村到城市一年又一年地战斗着。

在那时，从寂静的高山顶上，

我就听见你遥远的痛苦的呼声，
你那永不安宁的激荡的波涛，
仿佛是人民战斗的号召，日日夜夜冲击着我的心。

现在，我呼吸在你自由的气息中，
虽有刺骨的寒风我也感到周身温暖，
因为我受了祖国的咐托，作了你的主人，
以胜利的战斗一次又一次地给敌人以痛击。

我永远是祖国忠实的儿子，
又是你千锤百炼的战士，
我还要走遍一切岛屿和一切海港，
手中握着枪，为你的自由去作战。

1954 年，福建

（收入《回声集》）

岸上的钟声

在甲板上，在推进机和浪涛的轰鸣中，
水兵带着微笑在倾听岸上的钟声。

雨后的云飘流在海岸的低空，
太阳照临云头，地上的明暗正在迅速变动。

独独那面学校上空的红旗，始终在光明中照耀着，
它在风中飞舞着，飘流出音响和光芒的洪流。
就从那里发出洪亮的钟声，
穿过流云，穿过涌着浪花的蔚蓝的海湾，
在水和天之间一遍又一遍地震响着。

仿佛是一阵思想的巨风
和感情的波浪，在水兵的心中不尽地激荡，
你海岸的钟声，你学校的钟声，你和平的钟声，
你的音波是感人的热流，

你使水兵的眼睛都湿润了。

在倾听中，呵，水兵，记起了孩子们临别的嘱咐，
看见了那一双双充满敬爱和期待的眼睛，
于是船头展开浪的巨翅，它载着新的胜利，
水兵从海上战斗归来，向回响钟声的海岸飞去。

1954 年，福建

（收入《回声集》等）

海 的 歌 者

在披着草叶和藤蔓的岩石上，在新修的炮台旁边，
我看见一只灰色的小鸟面对着海洋在歌唱；
我看见它仰着脖子，长久地向天空发出如箫的声音，
然后又侧着头久久地倾听；
这时，从戴着浪花的海上，仿佛传来了
一种短促的欢乐的合鸣；
它的声音是这样激越，它的歌唱永无止息；
我相信它不仅是为这土地，为这海洋歌唱，
也不仅是为青色的天空，不仅是为爱情，
也不是为那不可捉摸的远方的回声，
它乃是为可见的，不可见的，在近处和在远处的，
一种正在新生的令人激动的事物而歌唱；
这使我想到我的歌；
我也一样，我正在用激越的，清新的声音，
为祖国一切刚刚出现的事物而歌唱，
连同它壮丽的景色，和那无所不包的爱情。

1954 年

（收入《回声集》）

瀑　布

从千丈悬崖的高处，

从流云绕着远树的天空，

倾下你发白的急流，

在半壁变成了寒冬的飞雪，

以惊心骇目的速度降落，

而后粉碎在突出的岩石上，

迸散为云雾般的水珠飞扬，

于是以雷霆万钧的力量，

在莫测的深潭上发出震撼山谷的巨响；

鹰隼不敢飞近，

山岩也为之战栗，

带着水气的凉风，

猛烈地在树梢和草叶上吹动。

啊！你强壮灵魂的歌者！

啊！你高山深谷的英雄！

1954 年，四明山

（收入《回声集》等）

晴　空

我多么喜爱我们城市无云的晴空。
在成行的绿树和闪光的屋顶之上，
是那一片无穷深邃的蓝色海洋，
好像是要立刻滴落清凉的水，
好像是永远凝止的黎明的光；
有时一群鸽子飞过，它们带着哨音飞翔，
好像是海上的哨兵在那里巡逻瞭望。
它们是蓝天忠心的守卫者，
它们也在我的心中飞翔。

1954 年，北京

（收入《回声集》等）

星期日西郊道上

向着远山，

向着蓝天和绿树覆盖下的田野，

成串的车辆载着人群在柏油道上前进。

低垂的柳枝和高耸的赤杨，为车队的风吹拂，

每一片叶子都震荡着歌声和笑声。

那些明亮的车窗，闪耀着爱人雪白的牙齿，

那些飞展的红旗下，有更红艳的嘴唇，

那些比春天还要新鲜的孩子，像风中的花，

那些欢笑的眼睛，收集了日月星辰的全部光明，

在那里闪射。

1954 年，北京

（首发于《新观察》1954 年第 18 期，后收入《回声集》等）

东 长 安 街

这里是我们城市未来的林荫大道，

这里的白杨在风中喧哗，在阳光中闪烁，

这里的牌楼、灯柱、绿瓦、红墙，有万千快乐的眼睛，

这里的电车永远轻声地唱着钢铁的歌，

这里的黄昏徘徊着一对对微笑着和低语着的爱人，

这里的清晨如流水般走着无穷无尽的车辆的队伍；

这里是从来不会使人感到疲倦，

这里的呼吸永远清新，

这里的声音永远热情；

这里也从来不会使人感到拥挤，

这里的印象是宽阔，

这里的气魄是宏大；

这里是我们未来的林荫大道。

1954 年，北京

（收入《回声集》）

富 春 江 上

富春江啊！我久慕你的名字，

从遥远的火车站徒步来到这里，

看到你清澈的水流，看到你迷蒙的烟树，

看到你朴素的山村和古老的渔舟，

惊奇你的山头盖满火焰般的杜鹃花，

欣赏你的微雨，你的晚晴，你的水中曙光，

我久久地坐在田畈上，透过苗芽的初枝，

伫望那横在水边的无人的渡船……

忽然传来一阵喘息的声音，

从崖边出现一队纤夫，

裸露的肩膀晒成火红的颜色，

因用力索引而前倾的胸部，

被绳索深深地嵌入，

但那重载逆流的船还只能寸步前进。

那许多绳索的圈套中，还有几个妇女，

汗滴顺着发尖滴落，

喘息如同风暴扫过。

我的心呀，你停止跳动吧！……

而一个过路的地方干部，回避我痛苦的眼光，

用冷淡的声音教训我："劳动是光荣的!"

我羞惭地垂下我的头。

我的心却还在争辩。

我多么希望我们的工厂里，

能多多生产马达推进机，

能帮助东海的渔民，也帮助富春江的船夫；

让富春江不再有伤心的汗滴，

让机器推动的木船行驶在美丽的江上

让木材和山货更多更快的外运，

让我们的少女不再摇橹，

让红艳的杜鹃花不再听见悲伤的歌，

让水欢笑，让山舞蹈……

我带着一颗受刺痛的心，

默默地继续上路。

1954 年

大　胆

带着深沉的眼神、勇敢的额头，
认定了的目标永不能动摇。

最大胆的恋爱者为要在没有路的地方，
开阔出自己的道路，走向爱者的身边。

亲爱的，不要拒绝我吧，我来了，
今天即使你赶走我，明天我还是要回来。

爱情是不能用言语来传达的，
就像春日的和风总是无声地流动。

我向她热烈地说出我的爱恋，
她在战栗恐怖中离我而去。

不久又来了另一个爱恋的诗人，
只轻轻地一声叹息，就赢得了她的心。

（1954 年）

共 产 党 员

那是一个春日的黄昏，
我们的一个营正在大海上演习，
突然风停止了，一切帆都垂下，
战士开始摇起橹来。

但是其中有一只木船，
既大又无橹，
怎么办？把帆落下，
抛锚停船在黑暗的大海中。

半夜里风又起，像故意和它开玩笑，
是东北风，滑檣办不到，
本想往北开，风却把它飘向西南。

天一亮，西南方出现一只敌人的兵舰，
掉头直向木船开来。

木船九个战士，
由一个副排长指挥，
他感到自己的实力单薄，
但共产党员是不怕死的。

他命令：
进舱！
沉着气！
把武器准备好！

共产党员柴玉林立刻响应：
对！等他靠近了，
给它一个突然开火！

敌人开始发炮，
有两炮打伤了船帮和绳车，
新战士有些沉不住气，但有共产党员在，他们并
　　不惊慌。
敌舰在一百米外，
围着木船绕了半圈，
没有动静，丝毫没有动静。

敌舰越来越迫近，
什么炮都能认出来，

窗户里的人脑袋在探望，
副排长卢柏云下命令：开火！打！

四周是烟雾，上下是水花，
无数的火舌向敌舰吐出，
排副喊：
看哪！军舰多平，多好上呀！
弄利索点，带着手榴弹跳上去。

怕死的敌人不敢纠缠，
掉转头撒腿就跑。
一直到远离我们的火力网，
才盲目地打着送行炮。

战斗过去了，
大家动手堵洞和舀水，
新战士王新生抢着水桶，说：
排副，你休息，我来舀，
今天，我算知道共产党员了！

呵哈，木船居然打败铁甲的兵舰。

（1954 年）

河　边

流水呀！你是我最爱的歌，
无论晴天阴天，你都一样欢乐。

人家说爱情就是等在水上的诗，
埋怨它太易变化，太不可捉摸。

生命就是一串彩色缤纷的行列，
没有谁愿意静止，愿意单调。

爱人呀，欢乐的时候不要唱悲哀的歌，
春天的时候也不要唱秋天的歌。

（1954 年）

海 的 思 念

我要再到海上去，再到那无限空旷的海与天
我的心渴望再见那高帆，和帆上一颗星，
和马达的吼叫，风的歌，云的飞驰，
和早晨海上的雾，和黄金的黄昏的海岸。

我要到海上去，因为我听见浪潮在呼唤，
海鸥在呼唤，以它粗野而又热情的声音，
还有船后翻滚的如无数蛟龙的旋流，
和向上抛掷的水花，和吹扬的泡沫。

我要到海上去，那里是英雄生活与战斗的场所，
那里是鲸鱼和鲨鱼的路，在白浪巨大的中间。
航行之后清静的夜晚，听渔夫讲古老的故事。

（1954 年）

航海者的歌

我爱那长长的波浪，那无尽的起伏，
宛如爱那文雅幽静的少女的每一动作，
我内心永远跟着它响着同一节奏，
我相信海水中有些和我的血液相似。

飘忽无定的云彩好像是我的写照，
我今天在这儿，明天又走向远方，
当白色的海鸥绕着桅杆飞翔的时候，
我寂寞的心感到一阵温暖。

那永无止息的海风，
在波浪和旗帜上发出啸声，
它好像在向每一个航海者呼唤，
跟我走吧！跟我走遍全世界的所有海港！

（1954 年）

想　　念

我想念你，当太阳像恋爱者沉重的心
从蔚蓝的海面艰难地上升。
我想念你，当月亮带着满脸忧愁
在林间树梢出现的时候。

我看见你，在遥远道路的尽头，
向着我，你在那里缓慢地举步。
我听见你，你的脚声变化着流水的潺潺，
也在空旷的田野和静寂的林间。

我的灵魂永远傍着你的身边，
即使你已经远远离去了，
黄昏已经来临，星光已经出现，
爱人呀，你为什么还不回来？

我从梦见你的梦中醒来，

这时风在轻语，星在交流，

我从梦见你的梦中醒来，

一个奇怪的思想领导我，

谁知道怎样领着，就到了你的窗前。

（1954 年）

星期六晚上

少　女

可怜的青年，为什么你这样忧愁，
当大家都在欢乐的时候？
来吧，让我们也去参加跳舞，
星期六的晚上不应该孤独。

青　年

亲爱的，没有你我不想跳舞，
没有你，我的心也就没有欢乐，
给我说几句温柔的话吧，
你的话语声就能赶走我的忧愁。

少 女

让别人去烦恼，去恋爱吧，
让我们来参加快乐的跳舞，
当音乐催促着我们欢快的脚步，
烦恼的恋爱就不再占据心头。

青 年

爱情使我们的心头沉重，
我无论怎么也不能轻快的脚步，
让别人去跳舞吧，让我们去散步，
爱情的散步就是最欢乐的跳舞。

（1954 年）

雨　天

四方的阴云，
迅速地聚集在森林的黑顶上面，
村边成行的龙眼树，
对着阴沉的天空摇动着千万手臂，
归鸟落在枝上，道路黑暗下来，
爱人呀！你为什么还不回来？

雨水流成的小河，漫过一切道路，
在发光的砂砾之上奔跑欢笑，
孩子们顶着可笑的破笠，
到那果树里去捡拾被暴风摇落的果子，
雨后的村庄充满人的声音，
爱人呀！这是你应该回来的时候了。

天色暗下来了，母亲在门口呼唤孩子快快回去，
云在天空像快马在飞跑，

风在林间像野狼在长吼，

山头已经变黑，道路非常泥泞，

爱人呀！你为什么还不回来！

夜间，

风声带着雨滴。

海上涌起戴雪的山峰，

而天空却如钢铁般发黑。

在冬天的夜晚，人们说，

最好是早早去睡眠……

但是，在那荒凉的沙滩上，

三个巡逻兵正在雨中缓慢前进，

心里想着祖国的安全，

眼睛极力穿透黑暗，

当孩子们上床睡觉，

情人们在公园还在谈心，

遥远的海岸上，士兵在雨中缓慢前进。

在这勤劳而和平的土地上，

一切都使人引起爱情。

从他们高大的身躯

我看出是北方的健儿。

（1954 年）

⊙ 1955 年

不 夜 城

红光照耀的城。

飘绕着橙色烟云和紫色烟云的城。

无数高楼的万盏灯光，

形成一片闪着细鳞银波的海，

仿佛有风在那上面走过。

睡眠中的白杨突然醒来，

伸出它染着淡红火光的高枝，

迎接那自炼焦炉前升起的黎明。

林木似的烟囱和水塔，

有巨大的声音从那里升起，

如同永恒的暴风在回旋激荡。

啊！为孩子所思慕的城，

为边疆和海岸的战士所怀念的城，

黑夜永远不能在这里建立它的统治。

1955 年 4 月，鞍山

（收入《双虹》等）

小 白 桦 树

像雪一样洁白，
像春天披戴浅色的翡翠，
像少女一样温柔，
纤长、细弱、笔直、矜持，
给寒冷的北国带来温暖
给黝黑的森林带来光辉。
我的手渴望去抚摩，
你白净的柔软的手指，
我的两臂渴望去拥抱，
你苗条的匀称的身体，
我相信在你细腻的皮下，
一定流动着多情的温暖的血液。

1955 年

沈阳的夜

在圆月照耀底下，
街道空旷而又寂静，
楼房的海不再掀起屋脊的波浪，
它仿佛在朦胧和阴影中
已经进入梦境；
但是所有的窗户都闪烁着金光，
所有的烟囱都飘散着黑云，
我仿佛听到从大地底下，
传来比白天更巨大更强力的声音，
城市在黑夜中依然清醒。

1955 年

（收入《双虹》等）

草原的中午

明亮的天空没有一片云彩，

太阳的光芒使一切生物都感到晕眩，

哪怕是一粒土块或一片草叶的阴影，

都憩息着为干燥而焦渴的生命。

有时，草原的旋风在不知不觉中生起，

尘土和枯草随之转动飞舞，

但它仍然没有一丝凉意，

一种说不出的烦躁一阵比一阵加强。

黄昏和清晨歌唱不息的鸟类，

这时也都寂静无声，

只有开荒的拖拉机，不顾炎热的包围，

依然在唱着钢铁的歌。

1955 年

（收入《双虹》等）

人 参 鸟

林中的黎明，

千百种鸟的鸣声，

在欢迎白日的光辉。

我站在河岸上，

努力从似箫如簧的歌声中

分辨出你死者的音调。

人们说，你们是一对友爱的兄弟，

结伴到深山里寻找人参，

北国的荒谷吞没过无数的人，

你们也先后饿死在无人知的崖石下；

你们死后化作两只鸟，

一面继续找人参，一面互相召唤。

你们是生死情谊的标志，

你们是事业不死的象征。

1955 年

（收入《双虹》等）

松 花 江 上

月亮！月亮！
为什么你伫立天空
披着云的飘带
向我凝目注视？
你银色美丽的脸庞
含着欲现又隐的微笑，
无声地向我说着什么秘密？
今夜我的轮船
沿着松花江的流水向东去，
而你走在蓝色的道路一直向西，
我们不久即将分离，
只存留光的记忆。

1955 年

（收入《双虹》等）

女 儿 河

像女儿一样温柔，
像女儿一样明媚，
在苍茫的平野上你踽踽独行。
风卷起你的青衫，
太阳照耀你的额顶，
你走过的地方都留下绿色和生命。
你为大地所祈求，
为天空所孕育，
全世界的河流都是你的姐妹，
而大海是你们共同的父亲。

1955 年，辽西

钢水与渣滓

光与热的急流！

火的瀑布！

它走过的道路都冒着青烟，

它落下的地方金星四散；

它是这样的光芒，

使人的肉眼不敢逼视。

当它喷射的时候，

发出震天的巨响，

风又在助威，

任何物质遇到它都将化为乌有，

它是无敌的。

它把透明的纯洁的部分沉落凝结，

它把苍白的杂质的部分浮起分离，

最后成为世界上最坚强的物质，

贡献给全人类。

1955 年，鞍山

颂女操纵手

穿着伶俐的蓝工装，
高高地站在操作台上，
像女神那样庄严，
像女神那样美丽。
在这里，每一座机器都闪射青光，
你的眼睛也如两湾清水；
在这里，炽热的钢管发着玫瑰红，
你的容光也如朝霞映丹枫；
你和明亮精致的厂房是这样一致，
也如女神在宏伟的庙宇。

1955 年，鞍山

千 山 松 涛

蓝色的岩障从我面前升起，
齿状的山峦好比走动的蛇，
而在深谷，在山岭和岩壁上，
一片青松的海，向高天发出不息的涛声。

这仿佛是那被人遗忘的历史的呼号，
提醒人们注意百年来辽东半岛的战绩：
每当敌人踏上这里的门槛，
没有一次不是遇到严厉的打击。

祖国的山岭，祖国的树林，
永远保留我们民族勇敢的战声，
沐浴在这声音和色泽的海洋中，
我们也像这山林一样活泼坚定。

1955 年，鞍山

头　颅

你无价之宝的头颅，
是我们民族高尚德行的证明，
至今犹在向一切后来者，
述说革命的艰难历程。
你的慈爱万古不灭，
我们都在你眉间看到：
视痛苦如同草芥，
把牺牲高举在幸福之上。
你是自由与正义的播种者，
你用头颅来播种；
无数勇士替你最后战胜敌人
正是在你播种过的土地上诞生。

1955 年，哈尔滨

给一个林业工作者

踏着兽迹前进，
开辟一个新的人间，
森林的道路是勇敢者的道路。

像高大的松树，
在空中枝叶相扶，
在地下根须盘结，
战胜风雨和雷电，
屹立山顶数百年，
森林的人是团结友爱的人。

山不是平常的山，
水不是平常的水，
因为在这里生活着的
不是平常的人。

1955 年，伊春。

铁　　流

一阵浓烟突然迸落，

一道铁的洪流从浓烟中射出，

像龙一样它张牙舞爪，

而铁的巨风在助它的威，

天空和地上都充满它的音响，

照耀它的光芒。

在它面前站着炼铁工人，

看来虽不伟岸，但坚定有如沉默的铁。

火焰的洪流在他脚下奔腾，

四射的金星几乎触及他的面颊，

他的周身有如燃烧的朝霞，

他的脸就是初升的太阳，

他掌握着铁流的河道，

让它走到它要凝止的地方，

这正如我的热情一样，

最后总有它的归宿。

（1955 年）

女 司 机

在鞍山有这样的一位女司机，
她的年纪只有十六七，
她的小小的发辫上结着红绸花，
她额前的刘海比丝还细。
她对每一个乘客都是有说有笑，
因为她那少女的天真纯洁的心里，
充满了对这世界和这生活的爱意。
她开车到现在不过是三月有余，
却已经连得了三面红旗，
她对自己的工作感到快乐无比。
她虽然只是鞍山一个普通的女司机，
她的年纪也就表明生活不过才开始，
但世界上没有谁比她更快乐，
也没有谁比她更美丽。

（1955 年）

原 始 森 林

粗大的红松一棵挨着一棵，
远望如同一堵圆木的墙。
望不到边的森林，走不完的森林，
阳光进不来，到处是深色的世界。
被霜和风雨打倒的树木到处横躺着，
朽木上长满碧绿的青苔。
地上铺着一尺深的落叶，
人走在上面像走在弹性的厚毯上。
在林中的水汪边，有野猪和鹿的足迹，
有比碗还大的老虎的足迹，
只有野兽践踏的小路，
为枯枝和朽木所掩盖。
可以闻到落叶的香味，草的湿气，
和走过的野兽的腥味。

（1955 年）

新时代的开垦人

一

为了摇醒沉睡已久的
沃野千里的边远土地，
以勇敢的行动实践心的诺言，回答祖国的爱，
也为了以坚强劳动的手去紧握莫斯科伸出的手，
把人类最宝贵的真理告知全世界，
我们骑着歌唱的铁马，
开向被人遗忘的荒原进军。

我们走的道路是前人未曾走过的道路，
照着它的是一颗共产主义伟大的心，
携带着征服自然的全部最新的装备，
我们是社会主义开拓者
我们是新时代的垦荒人。

二

我们来自全国各地，来自各个战斗岗位，

我们来自江苏的淮北大平原，

在那里我们曾经举起自卫的枪，

射击帝国主义侵略者和他的雇佣者；

我们来自山西的太行山脉和吕梁山脉，

来自经历无数次残酷战斗的乡村，在那里先烈的鲜血溅

染了每一条小路和每一片晒场，

而新的人物正在鲜血曾经灌溉过的地方产生；

我们来自河南干旱的沙土地带，

在那里，旧社会给我们的只有苦难的童年，

在那里，人民流过的血泪比黄河滔天的洪水还多；

我们来自湖南秀丽的乡村，来自湖北偏僻的城镇，

来自辽东半岛和黑龙江广袤的北大荒，

我们来自开拓者最初的学校，

来自哈尔滨、太原、石家庄、郑州和南京，

也如同其他的建设队伍一样，我们来自祖国的心脏北京，

那里住着一个人，他是我们共同的父亲，

他是开拓者中最伟大的一个，

我们都在他的关怀中养育，成长为大自然的梦想者，

由于他的指引，我们结成有纪律的队伍，

来到未开垦的草原。

三

北国隆冬的大雪，
飞卷着白色的烟尘，
寒冷封锁着草原，到处都不见脚迹。
四野是这里寂静，仿佛天空也已经冻结。
油污的手，熏黑的脸，
雪白的眼睛围着墨似的圆圈，
那笑容多么美丽，多么动人。

在中午炽热的太阳下，
帐幕内是睡眠的人，
鼾声像浪声。

云朵，它一会升高，一会儿沉落，
金色的小鸟在翻起的土块上跳跃，
大雁排成整齐的阵形低低地飞过，
被开垦的处女地唱着春天的歌。

（1955 年）

移 民

在拥挤的江轮上

我们像家庭缘聚在一起，

我们要到那燃烧着太阳的荒原上，

风在狂吹，草在呼喊，

在天空和大地之上有着自由的呼吸，

而幸福飘扬在新垦地的上空。

啊！那些闪烁的野性的眼睛，

蕴藏着怎样强烈的爱，

劳动的汗水将灌溉荒土，

每一天的生活都是每一朵红花，

我们是未来新天地的开拓者，

春春的力量像闪电和巨雷，

而意志正燃烧着像一面红旗，

孩子，睡眠吧，母亲在唱着催眠歌，

你要知道，你的未来多么光明幸福，

每一个丈夫和每一个妻子都有美妙的梦，

明日将由他们去创造，

用劳动，也用爱情。

（1955 年）

伊　春

四面是翠绿的山峦，

身旁有蓝色的河流环抱，

到处是原木堆积的斜坡和板块的方台，

木板的人行道和灰尘飞扬的马路，

两边站立着砖楼和草房，

有木栅围绕的菜园，

和无数交错的运木的铁道，

戏院、医院、学校、烟囱和日夜冒着黑烟的发电厂，

挤拥着顾客的工人食堂和宽大的百货公司。

匆忙的人群和劳作的声音，

年轻的脸上有闪光的眼睛，

这就是初生的城市伊春。

没有一座山不披满着苍茫的林丛，

树在山坡上像展开的深绿和浅绿的原绒地毯，

树在山陵上像毛状和波浪形的花边；

没有一条河不流着大大小小的原木，

木头像羊群在蓝色的草原缓慢行进，

平静的水面倒映山和树的绿影。

泥墙嵌着玻璃，草垛的屋顶，

匆忙刷染的石灰墙，

房屋建筑在草甸上，好像天成的弹簧地板。

（1955 年）

勘查队员殉职处

在急流的汤班河的北面，
在绿树蔽天的原始森林深处，
站立着一棵刨平的方木，
那是一个年轻的勘查队员殉职处。

木碑上记载着死者的事迹：
二十九岁，才从学校出来不久，
职务是工程师兼副分队长，
一个原始森林的初来者。

碑文还说，为实现共产主义事业，
他愉快地走上了祖国建设的最前线，
忠诚忘我，抱病工作，牺牲前还很从容无私，
他的英灵长眠小兴安岭？

我看出这里曾经是他们的宿营地，

帐篷周围的木桩还分布四周，
我看见炉火的遗迹，和人迹的小路，
而蓝色的野花成丛地开放。

不远处有河水咆哮的声音，
头上有密集的白松的尖顶，
路边有熊和鹿的足迹，
夜晚有猛虎的长啸。

无数的年轻的森林开发者，
正踏着你的足迹前进，
我在木碑前久久地站立着，
你的思想活在我的心中。

今后我还要走许多陌生的路，
但无论到哪里我都不会忘记你，
在那极北的寒冷的小兴安岭森林中，
一个年轻的勘查队员殉难处。

（1955 年）

松花江的夜雾

北国的雾！
笼罩着春夜湿润的树枝，
笼罩着远方神秘的灯光，
笼罩着松花江温柔的水面
又在不相熟的女郎的脸上，
蒙上了一层轻软的面纱，
它在静寂中飘动。

（1955 年）

钢 都 鞍 山

一

比早晨田野上的烟更洁白，
比黄昏林中的烟更黝黑，
无数的烟囱吐着团团的烟云，
如巨大的舰队集结在海上——
浓烟和火光，
包裹着水塔和楼房……

烟，为这城市树立标志，
好像云中插着无数的旗，
烟，随风在缓缓飘动，
遮盖钢铁厂的全部天空。
心呵，和汽笛一同欢呼，
投向祖国的钢都。

二

赞美祖国美丽富饶的土地，

赞美覆盖森林的山岭，

赞美稻谷青青的田园，

赞美风帆万点的湖海，

也赞美粗糙的不毛之地，

赞美那铁的矿床。

这里没有一片草叶，没有一根绿枝，

到处是黑色和灰色的矿石，

而铁的灰尘以不可见的微粒在空中飞扬，

人们可以嗅到铁的锈味。

在飘浮白云的天空底下，

风钻发出啄木鸟的叫声，

打洞机和电铲在撞击和旋转，

如同枝条和树叶间风雨的咆哮，

而刚埋下的炸药，

一声号令使平地升起烟的森林……

那为风雨和太阳所煅炼的工人，

闪烁着围着烟尘的两眼；

他们粗硬的两手，

不断流出人类力量的泉源，

他们手下粉碎的每一块矿石，

都是明日世界的花朵。

三

沿着陡峭的铁的梯级，

我攀登无数星球在那里迷转的太空，

我走进选矿厂，

又同升入一个神奇的宇宙。

无数运转带就是行星的轨道，

引擎的巨鸣就是星球飞翔的声音，

我看见它们在有规则地运行，

我看见它们亲密地在一起劳动，

齿轮衔接着齿轮，

天梯连接着天梯，

没有一样是孤立的，

整个宇宙是有秩序而团结的整体。

这里的上下四方，

都充满运动和生命，

有风在吹动，有水在流行，

瀑布和火焰，点缀在天体的各处，

而谁是主管这宇宙的神？

那就是满身油污的普通工人。

（1955 年）

◉ **1956 年**

塘沽新港

从绿野中的柏油路向你走去，
老远就感到你湿润的风的亲吻，
嗅到你海的气息，
触到你的呼吸。
经过火车在奔驰的铁道，
那里的轮声和汽笛在回答海的召唤。
经过楼房前铺着贝壳的路和空地，
那里的大气也在反映海的光明。
听到海的歌声——那海水的微微波动，
你宽阔的水面立刻展开在我眼前，
一边是看不到尽头的防波堤，
千百面白帆在那里列队前进，
一边是长长的仓库和码头的队伍，
停着成排的远航轮船在冒烟。
北方的大港啊，你在太阳光下

像一朵蓝色的花

在光明中照耀……

过去很长的一个时期，

大沽口，你的碱性的海岸，

停泊过多少次帝国主义的兵船！

落过多少颗侵略者的炮弹！

那时候，你是被践踏的花

每一瓣都滴着血和泪。

那时候，你照耀着冰样寒冷的仇恨，

深深植根在每一颗热痛的心里。

在地理课本上，

人们也谈论建设你的幻想，

那时候，连它也像冬夜的长梦，

既悠久，又渺茫。

那时候，你是外国强盗劫掠的门。

那时候，你的战士还在万里长征的路上。

那时候，你的建设者还在母亲怀里喂养。

新港啊，我理解你的过去，

我才真正懂得你的意义，

并且爱你今天所包涵的一切。

中午，海上来到了外国的轮船，

载来友谊和商品，

我们自己的引水员在指挥它前进。

向海上开出的是我们自航式挖泥船，

从工人生长起来的船长站在甲板上，

自信而沉着地执行他的职务。

在船闸旁边，站着新培养的潜水员，

微笑着把铜帽套上，

像古代的武士一样周身盔甲，

沉入海底去和障碍物作战……

过去的一切已经没有丝毫痕迹

今天的一切是多么使人感到喜悦。

中国工人阶级，诞生了

自己的海洋事业，

唱出了

大海的歌。

新港啊，你的海水理解人民的信心，

你向波浪唱出友谊的歌。

你的朋友遍布全世界，

你的力量是无敌的。

在西方的海岸上，

站立着你的姊姊列宁格勒，

让你的双手遥远地伸过去

和姊姊的手紧握在一起，

让全世界的姊妹，

都向你们两个看齐，

让地球上的一切城市都注意到

中国，也把自己的心

打开在

海洋和友谊的歌声里。

1956 年 6 月

（收入《回声续集》）

武 夷 山

武夷山，武夷山！
你栉风沐雨站立东南已经几万年，
为什么还像露水刚洗过的那么新鲜？
你红色的悬崖有微云杂着细烟，
半壁有风兰在木石之间飘荡，
它的上面颤动着太阳黄金的斑点，
它的下面闪烁着清溪反照的银光。

武夷山，武夷山！
你清澈的溪水照见山花和红岩。
岸旁有水獭在竹丛下张望，
那岩顶的滴水发出断续的琴声，
那水上的横波送来万千笑眼，
有什么样的秘密埋藏在你岩石下面？
有什么样的生命活跃在你山水之间？
我今天来到你的山下，要探问

你记不记得你的战士和你的伙伴？
请你告诉我，在什么时候，有什么人物
曾涉过你面前奔腾的溪涧前去作战？
你是否看到，在漆黑的晚上
他们在岩石中滴下的血滴火焰般发光？
请你告诉我，有多少战士的足迹
留在你身上，即使经过千年大雨的冲洗
但总是存留在人民的记忆中间？

你的高处有陡壁峭岩，
你的低处有密林飞泉，
什么时候，我们那些走在前面的人
曾隐蔽在你岩石顶上和树木背后
对着上山的敌人闪烁着仇恨的眼睛和枪尖？
他们是什么样的人物，吃着树叶和野菜，
却用丰富的血液灌溉这茂盛的山川？
请你告诉我，多少次的战斗在这里展开？
多少敌人曾埋葬在你的沙砾下面？

武夷山，武夷山！
你的山林居住多少勇敢的男子？
你的泉水养育多少美丽的女郎？
我看见那腰佩牛角和弯刀的渔人，
捕获游在浅溪中肥美的鱼，
用的不是网和钩，而是射出霰弹的枪；

我看见那脚穿草鞋手持篙竿的渔夫，
靠着一身强健的筋骨和顽强的意志，
英勇奋斗在旋流的九曲和急湍的十八滩；
我听见采茶少女嬉笑声来自云间，
混合着下面的涛声鸟语在山谷回响；
而这时稻子在田中开花，木排在水上流放。

黎明时分，太阳还未起山，
它的红光已经照射山顶气象台的小屋，
那里住着风雨云雾的侦察员；
而当黑夜到来，明月满山川，
我听见男性的歌声震动深谷，
那是我们边防军的休养员在歌唱；
我仿佛看到你的远景：在万千茶丛中
散布着无数楼房和花园，那时候
情人们在散步谈心，孩子们在追逐叫喊；
而无数的建设者也陆续来到山里，
用骄傲的声音日夜念着你的名字：
武夷山，武夷山！

1956 年 8 月，福建

（首发于《园地》1956 年第 4 期，后收入《回声
续集》等）

三　都　澳

一

中间是宽阔的海港，
四围是陡峭的高山，
在那上面遗留着外国传教士的别墅
和帝国主义兵舰的油站；
今天一切都属于人民，
祖国遣派战士驻守这美丽的地方。
山，比往日俊秀，
水，比往日清澈。
连那点点风帆也都饱含情意，
行进在明镜般的海面总是成双成对。
白鹭飞过高空，海鸥低掠水面，
港湾浮现着会心的微笑，
它们的影子

就一齐投入海的怀抱。

二

有时，风起云涌，
空中飞舞着发亮的雨丝，
遮断了山和海的分界。
使山变成雾，
海变成云，
到处只见风的足迹
和水的烟尘。
但从白茫茫中出现了黑点，
那是勇敢的渔夫驾着小船
还在风浪中牵网前进；
那桅上红色的旗帜，
它的边缘被风撕成细小条纹，
还在那里拥抱着风，
跟风一起号召斗争。

三

高空出现一块蓝天，
于是风停雨歇，
群山在云座上成了青色的莲花。
它的下面，海水感到云上太阳的抚爱，

那波光像美人手中的绢扇，

在照耀，在轻摇。

这时黄昏在海面燃烧，

天上是红玉的云，

水上是紫晶的雾，

近处有美丽颜色的礁石，

如古代城堡的残迹，

远处有海军炮艇在流驶，

它的后面带着扇形的波纹，

像白色的孔雀在开屏。

四

战斗时候，海港又是多么雄伟！

当敌机来到，四面山头升起炮火，

　白色烟云的网，

包围天空仓皇的鱼，

山在回声助威，

水也在摇动呐喊；

而炮艇在海面上回身驰骋，

带着风声和雷声，

射出一支支炽烈的箭。

啊！我亲爱的武装的海港，

为了今天的扬眉吐气，

你已经苦苦等待了一百年，

现在你微笑了。你的微笑像一粒火星
掉在战士容易燃烧的心上……

1956年9月，福建
（收入《涛声集》等）

夜　航

台湾海峡的浪涛呀!

我认识你在黎明时候，中午时候，黄昏时候，

但从来还没有像今天黑夜里

我了解你这样深：

上面是深锁眉宇的阴云，

　　下面是闪烁泪珠的黑浪，

蓬乱的头发，破烂的衣衫……

黑暗中的大海呀，你无止息地用自己的手

撕裂着自己的胸膛，

你张开嘎声的喉咙，

一再地嘶喊，震动了黑暗的天空，

是什么样的痛苦在你身上?

什么样的悲愤在你心中?

我看见你伸出长长的手臂，

只朝向我求助，

我了解你热情的呼声

也只朝向灯火的大陆……

黑暗中的大海呀，请你注视我：

虽然经过长途的航行我是多么困倦，

好像有千斤的铅块吊在我眼皮上，

但是我仍然坚持着自己的岗位，

用泪眼向你张望……

你不要以为我来了又走了，黑暗中的大海呀！

我们是从不后退的战士！

有苦难的地方就有我！

为了你的自由，

多少战士离开了自己亲爱的故乡，

洒下了多少最鲜艳的花朵，

在这从不开花的甲板上！

我们接下他们的武器，还要经历时日的风霜，

磨炼我们的筋骨，然后兴兵而来……

1956 年 9 月，福建

（首发于《人民文学》1956 年 12 月号，后收入《涛声集》等）

炮 台

也许在一百年后，

这里的炮台只剩下记忆中的遗迹；

也许少先队在远足时，

会把这里当作他们最后的宿营地，

当他们面对大海升起篝火，

辅导员将讲些什么呢？

他知不知道百年前的今天，

多少战士驻防这里，经过白天紧张的炮战，

又度过护航的不眠之夜？

他知不知道

敌人侵占岛屿每次闪现的灯火，

都引起炮兵最大的警惕，

自己彻夜清醒，

让海岸静静入睡？

当商船队在面前经过，

又有多少战士用抚爱的眼光

在黑暗中长久地注视，

那遥远的马达声，

就像是祖国轻轻的呼吸。

他知不知道，强悍的风、频繁的雨，

锤炼出战士怎么样的感情和意志，

夜以继日，年复一年地

和时代一起站立在自己战斗的岗位？……

也许他们并没有把战士完全忘记，

也许他们听到风的怒号、海的狂啸，

突然记起我们这个时代

和保卫这时代的战士，

脸上出现了感激的微笑，

一粒火花亮在心里……

1956 年 9 月，福建

（收入《涛声集》等）

前　哨

　　越是在艰苦的地方，
　　对祖国的爱也越深沉。
　　　　——与一个海军大尉的谈话

在无人迹的海滨，
在多风的乱石累累的高山上，
站立着我的小棚，
好像是覆舟后的渔夫，
漂流到荒凉的小岛
为自己草草筑成一个避风所
以后就为人类所遗忘。
这是我，一个无名的观察兵，
在这里执行祖国交给我的责任，
三年如一日，
守望着无边海疆的安宁。
不要以为我过的是孤独的生活，

在祖国万里的海岸上，

到处都有观察兵的小屋，

到处都有祖国最灵敏的耳朵和眼睛。

哦，祖国呵！

你百年来的历史，一切屈辱与不幸，

都是因为你的海洋没有防卫，

今天，整个海岸已经武装起来了，

这是我，你忠实的儿子，

正警惕地守住你的大门，

让你和平的歌声响遍大地，

也来到这白茫茫的海上。

这是我，白天呼吸在无限光明中，

夜晚也有星光在照耀，

因理解自己的责任而感到幸福，

我不能沉默，我也要歌唱——

哦，亲爱的、温柔的祖国，

我永远对你保持着忠贞不贰的心，

那随风飘荡的歌声，

便是我恋爱最初的泪水；

那明洁无瑕的欢乐，

便是我对你的爱情。

1956 年 10 月，福建

（首发表于《园地》1957 年第 3 期，后收入《涛声集》）

东庠岛远望

战士告诉我，站在这岛上东望，
可以看见台湾的高山，
但一月只有一次——
在响晴的天。

我来时却是大风的秋日，
空中布满雨意的云，
海面铺着层层碎银，
在寥廓的天与海之间，
既不见日常的飞鸟，
也不见半点风帆，
一切是寒冷、寂寞、阴暗与凶险，
这使我想起那远方岛上无穷的忧患
和那里人民所受的压迫与灾难。
那悲吟的风掺杂着老人的啜泣，
那欲雨的云运载着太多的眼泪，

那白茫茫的远方，密集着冲天的怨气，
我仿佛看见，在那下面
没有一颗心不在流血，
没有一片嘴唇不在颤抖。
但是我知道，在每一次杀戮之后
是更坚决的战斗，
我看见暴动的队伍正在扩大，
火烧岛的酷刑并不能把他们吓倒，
我看见志士正聚集在山林，
战斗的红旗正在密荫下前进，
那劫狱时短兵相接的呼喊，
使暴君再也没有一个安稳的夜⋯⋯

哦，勇于生活也勇于战斗，
你岛上的同胞呀！
这里战士的每日工作
都是在热情地支持着你。

1956 年 10 月，福建
（首发于《园地》1957 年第 3 期，后收入《涛声集》）

海峡长堤

啊！浪涛上白石铺成的大道，
横卧海峡不朽的桥！
粗野的风徒然地在这上面吹刮。
被阻拦去路的狂乱的浪潮，
举起发抖的头颅，
用最大力量触向花岗石的长堤，
一次又一次地被粉碎
空中飞舞着战栗的水。

啊！罗列的群山！横越海峡的飞鹰！
发光的长云！蔚蓝的天空！太阳和星星！
你们都是伟大工程的见证，
有谁能告诉我这奇迹是怎样产生？
山是怎样移？
海是怎样填？
力量又是如何形成？
只听见花岗石的声音从静寂中升起：

"我来自苦难的大地，

昨日的眼泪还在我心中燃烧。

我孕育自人民太深太久的愿望，

种子已落地一百年，

但苦难封锁着它。

一把钥匙开启了通向幸福的门，

胜利的人民催我诞生。

只为了一次快乐的亲吻，

火花和炸药把我从山上掀起，

最坚强的手又把我填在海峡，

因为太爱这光明的日子，

不惜粉碎我自己

换得更光荣的生命。

潮来潮去也不能将我冲散，

因为我的基础

安放在烈士的忠骸之上，

为了解放这南方的港口，

横渡海峡的战士曾牺牲在这滩头上，

我就是他们的纪念碑。

我的成长，就是祖国的成长。

我的力量，就是人民的力量。"

亲爱的祖国呀！你每天都产生新的事物，

而且又都是从默默无闻中突然出现，

好像昨天这里还是古渡荒滩、险水恶浪，

今天忽然天降一条康庄大道横在海中！

但是，只有我知道，

只有海堤的建设者知道，

在一千个白天和黑夜

万人的手怎样发出锤子的歌声

淹没了浪潮的喧哗；

只有我知道，船工和砌石工知道，

在敌机的轰炸和扫射下，

海堤怎样更快地开花和结果；

别人不会明白，只有工人知道，

苍山为什么白头，

海峡为什么中断。

让我以人民的名义，向那些

从谦虚和沉默中兴建起来的

从胜利中生长起来，也从困难中站立起来，

从朴素的心流出来的

一切伟大的建设致敬！

庄严的海峡长堤呀！

我了解你的意义，

我知道你的秘密，

你不是平常的堤岸，你更不是平常的通道，

在战火纷飞的日子里，

厦门岛是大斧的锋刃，

而你是它的长柄，

握在忠实战士的手里，

把住祖国的大门。

可是我也知道，我更感到

和平的脉搏在你堤上跳动，

正像鸽子在战士胸中呼吸，

你把昨天呜咽的水，

变成今日欢乐的大道，

并不是为的战争。

我的心我的眼睛升向高处，

我看出，

你是祖国伸出的一只手臂

高高地把厦门举起，

好像它是盛满醇酒的水晶杯，

其中流动着花的芬芳和太阳的光辉，

祝贺和平的新世界。

让全人类都从这杯里啜饮吧！

让劳动的手都来建设万代千秋的事业吧！

已经有无数的新事物在中国出现，

并且以它的新鲜使世界惊奇，

也让全人类都从这海堤看到，

人的力量是多么伟大，

和平的意志是怎样在战胜一切，

哪怕是最顽强的石头，

哪怕是最不驯的海。

啊，庄严的美丽的长堤呀！

一千个吻我送给你！

你是谦逊的，

你从无声无息中生长，

从不夸耀你自己，

可是我相信，在你的上面，

正燃烧着世界的黎明。

我听见，从遥远遥远的地方

传来一种震动大地的声音，

好像春天远山后面的雷鸣，

那是新时代的列车在向这里走来，

那是贫困的土地在翻身，

那是人民以双手

在推动着历史前进……

1956 年 10 月 16 日，厦门

（首发于《人民文学》1957 年 3 月号，后收入《涛声集》等）

南　曲

洞箫的清音是风在竹叶间悲鸣。

琵琶断续的弹奏

是孤雁的哀啼，在流水上

引起阵阵的战栗。

而歌唱者悠长缓慢的歌声，

正诉说着无穷的相思和怨恨。

我仿佛听见了古代闽越谪罪人的疾苦

和蛮荒土地上垦殖者的艰辛，

看见了到处是接云的高山，

峻险的道路，

孤舟在风浪中覆没，

妇女在深夜中独坐，

生者长别，死者无消息，

一次又一次的战争，一次又一次的流血……

故乡呀，你把过去的痛苦遗留在歌中，

让生活在光明中的我们永不忘记。

1956 年 11 月 12 日

（首发于《人民文学》1957 年 8 月号，后收入《回声续集》）

南曲（又一章）

南方少女的柔情，
在轻歌慢声中吐露；
我看到她
独坐在黄昏后的楼上，
散开一头刚洗过的黑发，
让温柔的海风把它吹干，
微微地垂下她湿的眼帘，
发出一声低低的叹息。
她的心是不是正飞过轻波，
思念情人在海的远方？
还是她的心尚未经热情燃烧，
单纯得像月光下她的白衣裳？
当她抬起羞涩的眼凝视花丛，
我想一定是浓郁的花香使她难过。

1956 年 11 月 18 日

（收入《回声续集》等）

郑成功水操台

啊，鼓浪屿，波涛中的舰艇！
你的司令台在那里？
那个率领你的子弟越海作战的将军
是不是一去不回？

今天，那起伏的山冈
最高处站立着巨大的岩石
依旧带着半面的城壁，
还在向我提醒当年的事迹；
那墙垛曾经靠过将军的手，
那平台曾经竖立将军的旗，
那绝壁，悬梯，藤萝和岩花，
和当年景物想必无差异。

那日光依旧照耀在岩顶，
那天风依旧呼啸在苍木，

那海涛依旧奔腾在山下，
我仿佛再见三百年前的情景：
那时将军着战袍立在台上，
指挥的红旗在飞舞，
千百战船在列阵，
向无边波涛的大海，向澎湖，向台湾
擂起进军的鼓声……

可怜英雄的事业为叛变所覆灭，
三百年来也无人能再继起，
长使潮汐永远叹息，
飞鹰也永远沉默……

但是，我知道
英雄虽死，雄图未灭，
拿起他的旗帜的
还有今日的百万战士。

1956 年 11 月 25 日

（收入《回声续集》）

你 和 海

——水兵给远方爱人的信

近中秋的夜里，月亮和星星
从有流云的天上
深情地注视着海面，
它们就是我的心和我的眼睛
穿过黑暗在注视你。
我看见你光辉的微笑——
那水上的微波；
我看见你明亮的眼睛——
那月下的波光；
我感到你的手轻轻的抚摩——
那南来的风吹拂我的脸，
你头发散布出来的香气，
它也给我带来。

海在我的眼睛里
没有一样不像你，

我爱海，如同我爱你。

我听见你的声音

传到我的船上：

海水轻轻地拍着船舷——

你的低语；

风吹动我帽后的飘带——

你的低语；

山上的小鸟对圆月啾鸣——

你的低语；

而当战斗命令下来，

我站上自己的战位，

那时候你也来到我的身边，

用悄悄的细声告诉我：

这次要立功；

我不怕战友们听到，

这声音每个战士心中都有，

平时也会听到。

我守望着海，如同我守望着你。

1956 年 11 月，福建

（首发于《园地》1957 年第 3 期，后收入《涛声集》等）

厦门之歌

一

厦门！被封锁的和平的城市！
全国的建设者向你问候。
全世界正义的战士向你致意。
他们在一天的劳动和战斗之后，
就抬起焦虑的眼睛向你遥望，
并且在心里询问：
啊，你和平世界的尖兵，
最前线的要塞，
是不是敌人炮击的日夜轰鸣
会扰乱你和平建设的歌声？
那弹痕累累的海滨，
是不是依旧播种和收获？

风和浪的上面，海港和码头，

是不是船还在航行，水手还在瞭望？

那生活在温和的南风里

亚热带的少女们

是不是白昼有欢笑，夜里有安静的睡眠？……

啊，给我以充沛的力量和欢愉的心

歌唱你英雄的城市！

我是你和平大军中一名普通的士兵，

我熟知你的过去，爱你光荣的今天，

我也分有你的愤怒，

没有别人，只有我懂得你的心事，

并且忠心做你的歌手。

二

城市啊，在你的土地上，

战争与和平是如此奇妙地交织在一起！

日日夜夜都有连续不断的警报，

但人们依旧在安静地工作和睡眠，

有足够的炮火保卫你的天空，

敌机不敢飞临你头上。

虽然每时每刻都有爆炸的声音起自四处，

但这绝不全是战争的音响，

除非是最熟练的耳朵，才能分别清

哪是炮弹，哪是我们开山的火药。

在最边缘的地带，敌人的弹片到处皆是，

但庄稼却年年丰盛，

仿佛炮弹能耕耘，火药有肥力……

城市啊，在战火纷飞中

你仍然笼罩着最高的宁静！

太阳一出，云才醒来

开始对着水面梳洗

人们已经成群结队走向各种岗位；

风平浪静的海港，到处有蓬勃的生命，

船只好像蜜蜂，码头好像蜂房，

只听见一阵阵生活沸腾的声音在上升；

海边的沙滩如丝带般闪光，

大气如水晶体在照耀，

堆积在山坡上的层层房屋，

那里的每一个窗口都有鲜花，

每一条走廊，每一座楼梯，

都充溢着笑语和步履的音响；

从阁楼上伸出来晒衣服的竹竿，

告诉我那里住着爱美的姑娘；

按时开航的轮渡，

南国的少女闪烁在水上，

在强烈的太阳光下依然仰起她美丽的脸，

好像要跟太阳比一比

看谁更明亮。

城市啊，我到处都感到你火焰般的脉搏，
热情在其中沸腾燃烧！
爱情——我们伟大思想的姊妹，
在这里的每一寸空间居留。
黄昏的海上有流动的火焰，
晚霞如无数盛开的玫瑰，
这时，码头工人的女儿打扮得像一朵花，
出门去参加机关的跳舞晚会，
她走动如月过云，我看见她那湿润的眼睛，
好像随时都要滴落快乐的泪。

城市啊，你的夜晚又是多么灿烂，
千万只闪烁的眼睛在你波上，
灯光点缀在山坡，
明月上升在海滩，
空气里流动着和平劳动的喜悦的歌声，
有浪的高声叫喊，
有星星的轻轻的应和……

三

三十年前，当我还是一个孩子的时候，
你的曲折拥挤的小港，

你的挂满招牌和布旗的商店，
曾使我感到极大的惊奇。
那时，你的街道叫棋盘街。
那时，你的码头叫新路头。
那时，你的人民开辟道路，移山填海，
那时，城市好像花朵开在石旁。

到我成为一个少年，
又一再经过这里，
发现你到处堆满垃圾，
流氓恶霸割据你的每一寸土地。
那时，你的港口掌握在帝国主义的手中。
那时，你的花园也归他们占有。
那时，你的人民在穷困中挣扎。
那时，你的命运就是祖国的命运。

随后侵略的炮火熏黑你的颜脸，
日本人的铁蹄践踏你的身体，
你最好的儿子抛泪走向山林，
可是把心永远留给你。

不久走了虎豹又来豺狼，
多少革命志士的鲜血滴入你土中！
你最好的儿子病死在牢房！
你最忠心的战士被敌人惨杀！

山上的岩石，水边的梯级，
永远保存着无数惨痛的记忆！

终于，你的黑夜的包裹被一下子打开，
人民的军队解放了你，
是战士用滴血的嘴唇，吻掉你波浪上的黑暗
唤醒你光辉的早晨。
过去的一切污辱和不幸，
霎时都消失得无踪无影，
看吧，大地是这样清洁，
好像是刚打扫的门庭。
但是，厦门，你还有大痛苦！……

四

那是不久以前的事。那是金门战役的失利。
司令员站在海岸上，为一群参谋所护卫，
他的脸色阴沉，不断地把望远镜举起。
他的眉上失去光彩，海风吹动他的衣襟，
发出指责一样的啧啧声……
人民交托给他的英勇子弟被屠杀了！
船队不能回来了！
电讯也中断了！
但是，枪声还继续了三昼夜，
最忠诚的指挥员还在山头坚持一个月，

战史上记下了这壮烈的一笔。

怒涛滚滚冲上海滩，

司令员的眼泪从颊上滴落……

此后，士兵一到海边，

愤怒的泪滴在纷纷坠落！

此后几个月，连队听不见笑声，

仇恨燃红了战士英俊的眼，

而心在焦急地等待另一次进攻。

此后几年中，人民为这事而悔恨，

忍住了眼眶的泪，紧紧握着拳，

默默地更紧张地工作。

啊，厦门！你是全国所有的城市中

苦难最长的一个！

你的痛苦的注视和祈求，

使我士兵的心永远不能平静。

我不能容忍匪徒在你窗前站立。

我也不能听任强盗在路旁等候袭击你。

黑夜里天空的星星，

我也听得出有乡亲催促的低语。

近处的海潮在喊着：和平！和平！

而远处狂风激起巨浪，

好像有一百面战鼓在轰鸣！

城市啊，你把繁多的感情的音响告给我，

我知道你的大愿望，

为了这愿望，我还要经历最大的艰辛，

冲过最险恶的波浪，

把全部的自由带给你……

<h2 style="text-align:center">五</h2>

厦门！你记得自己光荣的过去。

几百年前，你不过是一个荒芜的海岛，

只有鹭鸶在沙洲中伫立；

什么年代才筑起最初的要塞？

什么时候才被称为海的门户？

你的岩石，你的沙滩都记得，

是你土地所孕育的英雄郑成功，

在这里建立起义兵的大旗，

弹丸的海岛才从此光辉在史册，

金门是你的屏障，

澎湖是你的前卫，

台湾是你亲如骨肉的兄弟……

可怜英雄的事业为叛变所摧毁，

长使故乡父老向海抛泪！……

可是伟大的雄心还是百代不衰！

晚霞是殉难者的血。

夕阳是壮士的心。

多少战士出没在烟波中。

多少反抗的旗帜招展在海上。

他们的子孙不甘寂寞，
把生涯交付给万顷碧波！
他们浮海走大洋，足迹遍世界，
以中国的风帆纵横越过蓝色的海洋，
让天涯海角都知道厦门的市街。

于是全世界的船舶都趋向这里，
各色的樯桅和风篷布满你的深港，
他们运来了象牙、檀香、珍珠和玛瑙，
多山的海岛兴起了都会。

往日的英雄已经凋零，
百代的事业谁是后继者？
战士呀！
你白衣上镶着海波的
年轻的水兵呀！
为什么你在望着辽阔的海洋
坠入沉思时
要把手放在心上？
我知道，是有最热切的愿望
存在你胸中。
我们是大陆的国家！
我们也是海洋的国家！

让英雄的声音，在我们的战歌中响起来！
让我们在海上展开他的大旗，
在风浪中再排开他的船队！

六

清晨的风吹拂大地，
年轻的祖国在成长；
厦门，你的光明也正在上升！
没有谁能够阻止曙光，
也没有任何敌人能够封锁死和平的城市。
我看见，各路建设者正在向这里开来，
修路工人正在铺着新的柏油马路，
建筑工人正在盖着新的红砖大楼，
造船工人正在制造新的大船，
他们斧子下飞舞的木片阳光般闪亮，
石工正在开采无数的花岗岩，
他们锤子的敲响是每日清晨的赞歌，
火车正在向这里走来，
全世界都注意到为它而建造的海峡长堤；
为了保卫全人类的和平事业，
厦门正在走着一条艰苦而又是胜利的道路。

一个波浪又一个波浪，
都在告诉我关于未来的消息。

让我们积蓄起更充盛的力量，

准备着一个全新的飞跃；

让我们的心夏天一样，

照耀着最明朗最欢乐的光辉；

而且也像覆盖全城的凤凰木那样，

春天里准备好全部花蕾，

于是突然在一个盛夏明丽的早晨灿然开放——

让海上的每一片礁石，每一个小岛，

都回到祖国的怀抱，

让最后的一个敌人的堡垒，

都像灰一样被风吹散，

城市啊，到那时

我将同百万战士一起

伏在你的脚下，

用欢喜得发抖的嘴唇，

亲吻你的海水，亲吻你的土地，

让今日痛苦的愤怒的泪滴，

变成一颗水珠或一粒火花，

消失在你能收容一切的宽大的胸怀里……

1956 年 11 月，厦门

（首发于《园地》1957 年第 1 期，后收入《涛声集》）

埃　及

一

黎明的脚步早就来到了亚洲，
非洲的黑夜难道还未临到最后？
不肯平静的尼罗河，
首先唱起独立的歌。

二

埃及，我看见你的绿地星月旗，
是由忍辱受侮的眼泪，
转变为汹涌澎湃的海水，
迅速摧毁殖民者的统治。

大胆的战士围绕在这旗下，

向帝国主义投射最初的鄙视，

因为心中有对和平阵营的信仰，

这就筑成了维护主权的铜墙铁壁。

这时候，要把锁链重新捆缚埃及，

使站立起来的人民重新做奴隶，

那除非是世界无白昼，人心无热血，

而且连星光也不照尼罗河，风不在地中海上吹。

三

或者是因为把日历看错，

死期已近的殖民者，两个老牌的强盗，

又肩起万人唾弃的侵略的旗帜，

冒险进入自由的苏伊士运河。

全世界都看见埃及上空的战云，

爱好和平的各族人民，心上都震动着炮声，

但是，任何人也都看清楚，

这是殖民主义在向坟墓进军。

纳赛尔替埃及向全世界讲话，

自由造成他强有力的嗓音，

和平必将胜利是他的信心，

而这信心就是埃及胜利的保证。

四

埃及，你像中国一样既古老，又年轻，
你的金字塔已经站立了几千年。
你的总统却只有三十四岁，
你是我们共患难、同战线的兄弟。

你看见，你知道，在中国的土地上，
为你准备着无穷无尽的力量，
这里有志愿的战士听候你的命令召集，
这里的武器也愿意随时供给你。

全世界每一面独立的旗帜，
都是英勇战士血染的旗帜，
为自由而燃烧起的斗争的火焰，
不把敌人烧尽是绝不能熄灭。

五

全世界最醇的美酒，
都愿意首先敬你一杯，
埃及，远隔着群山和重洋，
我也把这满载热爱的诗句献给你。

1956 年 11 月

（首发于《处女地》1957 年第 2 期，后收入《回声续集》等）

匈 牙 利

一

一种突然的，不易解释的枪声来自兄弟的国土，
它比最不幸的哭声更刺痛我的心。

看到万人心爱的婴孩被践踏，
看到暴徒残忍的手正在撕毁最美丽的花，
连坟墓里长眠的烈士也重新醒来，
我感到他们的心又在流血。
我感到悲愤充塞大地。
我感到太阳也在战栗。

世界交叉着强有力的双臂，
它怀着全部的信心在等待着。

二

敌人的复仇行为并没有使我震惊。

但是，被利用的单纯的青年呀！
你的游行示威并没有帮助政府改正错误，
却已替反革命暴乱开路。

而你们，你们这些被雇佣来污辱人民的
各式各样的坏蛋，听着：
不是错误的口号便宜了你，
也不是你们比任何时候都更狡猾，更卑鄙，
当人民在行动的时候，不是他们听信你们的怂恿，
而是人民的心太善良。

社会主义受到最严重的考验，
不是十月革命后十四国的干涉，
也不是希特勒匪徒疯狂进攻的时刻，
亲爱的匈牙利兄弟，是你们今日的灾难，
使正义的心感到痛苦。

三

而在一切卑鄙的暴徒后面，站立一个更狰狞的魔影，
它全身披着黑夜一样的大氅，
握着匕首的手臂高高举起，
向全人类恫吓着更大规模的屠杀。

这时，地球上一切垃圾都飞扬起来，

暗算的子弹在击发，

华丽的会议厅，诬蔑的口沫溅到街上，

大地在皱着眉头沉思。

是谁在黑暗中发出卑鄙的笑声，

我不禁用拳头重重拍一下桌子，喊道：

"社会主义是太阳初升，

阴云绝不等于黑夜重回，

敌人，你先别得意，

最悲惨的失败在等你！"

四

出卖祖国的人并没有在混杀的街道上站稳，

人民很快地认识了他们的奸计；

深藏未露的力量起来了，

在喜气洋洋的敌人额上，落下了沉重的一击。

神圣的船舶依然航行在神圣的海上。

社会主义与和平，世界的双生子，

更坚强地在大地上站立。

真理如地球一样正常运行。

匈牙利！

我从你的遭遇明白了更多更大的真理。

作为自己祖国伟大事业的继承者，

每一个战士都要更加爱惜自己的传统，

因为它也就是我们事业的生命；

每一个战士都要千百倍地警惕，

即使在一万次的胜利之后也绝不容许骄傲，

因为它是我们事业永久的敌人。

我又听见匈牙利和平乐章的回响，

它不久就会淹灭一切干扰它的狂叫。

而我这些匆忙的诗句，

也就是在记录它，解说它。

1956 年 11 月

（首发于《处女地》1975 年 2 月号，后收入《回声续集》）

桂　林

在这蔚蓝的，光明的
环立着秀丽山峰的城市里，
在这柔和如同梦境
但又充满动作和生命的天地间，
我的心照满阳光，
我的四肢也好像要飞翔。

看吧，那一座座翠绿的山，
从平地突然踊起，
好像排队一样列在两旁，
没有一个愿意卑微地屈伏，
却一致倔强挺立着
做青空和太阳友好的邻居；
当云在流动，
我感到是山在行走，
踏着齐整的步伐，朝向开阔的平野，

而风是它们行进中的乐队。

为了解释生命的繁多姿态，
一条绿水又静静地流转，
于是群山如千帆并立，绕云带水，
照耀霞光，闪烁梦幻般的热情，
载着人们对生活的挚爱；
而江流声和摇橹声，
送它们走向无边的大海。

桂林是属于那
为了鼓舞人类生活的信心
自然界造就的万千暗示，
但在过去几千年中
却被幽禁在世外桃源的迷雾里
等待新世纪的太阳。

今天，我的心听见了
在这光辉的世界
它发出从来有过的深邃的歌声
召唤人向宽广的生活前进。

1956 年 12 月

（首发于《诗刊》1957 年 3 月号，后收入《回声续集》等）

漓　江

上面是青色的长缕的云，
左右是陡立的绿色的山，
下面一条浅蓝的江透明如水晶。

而水底闪烁着彩色的卵石，
仿佛为这青绿色的世界
铺就一条鲜花的大道。

一叶扁舟悄悄地划过，
把倒映在水里的晴岚翠色
散作万千的金圈和银丝
颤动在蓝天里。

青烟，苍岩，碧树，
全抹上一片晶莹的水光，
那使人倾心的明亮清辉

也活在牧童和村女的眼里。

山水有着自己的贡献，
它总是以永不衰退的美丽
把人的理想推向更高处。

在这里，在蓝色的漓江上，
那最能启发人的
就是灵魂的透明和纯洁。

1956 年 12 月

（首发于《诗刊》1957 年 2 月号，后收入《回声续集》等）

阳　朔

雄奇的峰峦都来自阳朔县。

一根根顶天的巨柱，
一支支出鞘的剑锋，
未展开的旗帜，
欲振翼的崖鹰，
护卫着古城，俯临着水滨，
从浓雾的深处，
隔着细雨的帘幕，
群山如画地出现。

这时，到处是绿云滚滚，
有时是云吞山，
有时是山吐云，
而在云和山的下面，
农夫在田野耕作，

渔人在水边抛网，

湿透了的船篷升起道道炊烟，

在江上结成一座低低的雾城。

雨洗后石壁更加可爱，

近处作铜锈绿，

远处作海螺青，

而在重叠的石壁旁边，

带水珠的枫叶如火焰般燃烧，

成熟的野莓像红宝石般晶莹，

巨大的樟树站立在平野，

如同守卫这世界的哨兵。

雄奇的峰峦也有自己的选择，

它爱生命蓬勃的小城。

1956 年 12 月

（收入《回声续集》等）

船 家 女 儿

诞生在透明的柔软的
水波上面，
发育成长在无遮无盖的
最开阔的天空下；
她是自然的女儿。
太阳和风给她金色的肌肤，
劳动塑造她健美的形体，
那圆润的双肩从布衣下探露，
那赤裸的双脚如海水般晶莹，
强悍的波涛留住在她的眼睛。
最灿烂的
是那飞舞着轻发的额头
和放在桨上的手；
当她在笑，
人感到是风在水上跑，
浪在海面跳。

1956 年

（首发于《人民文学》1956 年 12 月号，后收入《回声续集》等）

水 兵 的 心

要是失掉海，我们就没有自由；

我们

生来就为大海去战斗。

海是祖国光荣的标志；

海是祖国强盛的标志；

海是祖国自由的标志；

祖国，有海的门庭，

祖国，有友谊的通道，

和平，

也将在这里决定最后的胜利。

我们爱，我们守望，

在蓝色的大海上。

1956 年

（收入《涛声集》等）

飓 风

即使你咆哮如万虎啸聚深林，
即使树木被吹折，花草全丧生，
但是山却更坚定，海却更凶猛，
斗争的激情也充满了我的心。

1956 年

（首发于《延河》1957 年 9 月号，后收入《涛声集》等）

远海巉岩

在人们不知道的地方，
在万里风波的远海上，
阻拦那最凶猛的巨浪，
它站立如云梯挂苍穹。

雄鹰也不敢居留太久，
它投落如叶坠深渊中。
不甘心的浪反复冲击，
唯有风能带它到岩上。

它是这样高、这样冷，
唯有春花在石壁开放，
唯有战士和他的小屋，
敢在巅顶独立无惶恐。

1956 年

（收入《涛声集》等）

女 演 员

我看见你沉思入另一个世界

化好装坐在水银灯下；

我看见你的柔发像春天的旗帜

轻轻的海风把它飘起

在那高山上，那时你手里拈着一朵花；

我看见你立在番薯地边

像姊妹对兄弟般

和战士谈话；

我看见你像成熟的石榴一样裂开的

一颗颗灿烂而纯洁的笑

旅途中谈论各种事物

生命对于你是白璧无瑕……

在这些时候，我看见

燃烧的雪，在你脸上。

说话的星，在你眼中。

1956 年

（收入《回声续集》等）

213

海　鸥

人们说你原是一个少女，
因为恋人出海再不返回，
于是投水化作白色的鸟，
在每一片风帆后面追随，
用悲哀的眼睛固执地问道：
"我的爱人在哪里？我的爱人在哪里？"

1956 年

（收入《回声续集》等）

榕　树

我想再也没有一种植物，能像它那样
充分表现我故乡的性格。
它的青铜一样四处伸展的纠缠的根，
即使最坚固的岩石也要被分裂，
但是慈祥的长须在空中飘荡，
却爱抚般地拂弄着光明的大气；
它的枝丫豪爽地让许多生命栖息，
低处有寄生的弱草，高处有安巢的雄鹰，
它巍立在路边向下伸出四围的手臂，
好像要把地上万物都一齐向高空举起。

1956 年

（收入《回声续集》等）

鼓 浪 屿

黄金的沙滩镶着白银的波浪，
开花的绿树掩映着层层雕窗，
最高的悬岩又招来张帆的风，
水上的鼓浪屿，一只彩色的楼船。

每一座墙头全覆盖新鲜绿叶，
每一条街道都飘动醉人花香，
蝴蝶和蜜蜂成年不断地奔忙，
花间的鼓浪屿，永不归去的春天。

夜幕在天空张开透明的罗帐，
变化中的明暗好比起伏呼吸，
无数的灯火是她衣上的宝石，
月下的鼓浪屿，在睡眠中的美人。

1956 年

（收入《回声续集》等）

福　州

一

楼台和水榭还站立如故，
奇花异木又遍布四境，
好像是古代的明珠经过拭拂，
又在新的日子里放射光明。

二

西湖无限好景照耀着黄昏，
夕阳在树丛和草地上涂朱镀金；
为了使恋人们走着不平常的道路，
月光又为偏僻的小径嵌玉镶银。

三

朦胧中一个少女坐在岸上，
倾听着湖水温柔的激溅声，
仿佛她们是一对双生的姐妹，
用秘密的家乡话在那里谈心。

四

白兰花在月光下散布清香，
马樱树覆盖着夜雾沉沉，
虽然城市接近海防的前线，
但每一片树叶都在歌颂和平。

1956 年

（收入《回声续集》等）

赠延边姑娘

在那充满友爱气氛的舞会中，

你微笑着，

出现在柔和的灯光下；

我看见天边升起一颗星，

我看见夜间郊野一盏灯，

我看见海上鲜丽的红日，

我看见林中清新的黎明。

你全身放射着友谊的光，

亲爱的延边姑娘，

看到你就像看到幸福，

看到快乐，

看到和平。

在悠扬的乐声中，倾听你友爱的谈吐，

和温柔的声音，

使远方一个来客，

永远记着你信任的眼睛，

永远记着你年轻灿烂的额顶，

永远记着你亲切的微笑，

永远记着你光明纯洁的心灵。

你使一颗心生长感激和尊敬，

亲爱的延边姑娘，

我把心灵的窗户完全打开，

吸收你的温暖和光明。

是什么力量鼓舞我，

使我充满信心和热情？

是因为我们生长在同一时代，

是因为我们有同一理想，

是因为我们目标一致，

是因为我们有共同的感情。

你生长在祖国灿烂的朝霞下，

延边的姑娘呀！

当你看见每一次的日出和日落，

那就是我的心在向你致敬。

1956 年

（首发于《长春》1957 年第 8 期，后收入《双虹》等）

闽　中

山中的流泉在空中飞作雨声，
流入平地又照见幽静的云影；
一群白鹭从村庄的上空飞过，
无数水田一霎时都大放光明。

1956 年

（收入《蔡其矫诗选》等）

少 先 队 日

那时候话已说得很多：
关于个人理想，关于今后升学，
关于激动我们的心的一切事物——
她起来朗诵。

那时候一切声音都停止了，
只远远听见生活在向我们召唤，
于是心头像有一口钟在响——
她起来朗诵。

她起来朗诵——
这时仿佛我们已经长大，也不在这里，
而是已经接受了祖国庄严的任务，
跋涉在万里长途上。

1956 年

海上民兵队

在保卫和平最艰苦的年代，
在敌人日夜骚扰的祖国领海，
怀着对家乡海岸最深的爱，
民兵队在浪涛中组织起来。

一支三八枪，两颗手榴弹，
保护着万千渔民有信心的风帆，
像飞鹰一样在波光中巡回瞭望，
英雄气概凝聚在那挺秀的眉峰。

敌人舰艇出现，战斗的时刻来到，
在屏住气息的等待中，民兵队吹起螺号，
于是每一条渔船全都回应，
海面上不息地震动着战斗的号声。

像箭一样，民兵队飞驰着去迎接战斗，

一阵闪烁，一阵火光，小船冲波破浪，
弹片在头上飞舞，海水在脚下沸腾，
浪涛中展开了决死的斗争。

等到我们海岸炮发出震天动地的炮声，
等到受创的敌人不敢恋战向后败退，
民兵队的小船稍停一刻，又开始飞驰，
它怀恋着海岸，回到自己的港里。

于是在黑夜又升起弹痕累累的布帆，
民兵队重新踏上遥远的征途，
把侦察员送到敌人占领的海岛，
给敌人一次措手不及的袭击。

啊！飞驰吧，海上民兵队！
你们是另一支生根在人们心中的海军，
千百万渔民的眼睛在向你们凝视，
不把敌人完全消灭，你们的战斗不能停止！

啊！飞驰吧，祖国英勇的海上儿女！
等到敌人每一座堡垒都变成灰烬，
人民将记得是谁赶走太平洋的黑夜，
是谁带来了世界和平安静的早晨。

1956 年

渡 海 夜 战

南风的夜。

繁星如蛛网张挂天上。

一队侦察兵，乘船离开海岸，

向隐没在夜色中的

敌人盘踞的海岛悄悄前进。

在海峡中流，他们轻声地投入水中，

划开平静的海流，逐渐在黑暗中消失……

夜是无声的，

仿佛可以听到海的喘息；

而大地则在花香和草露中微睡。

这里的每一寸土地，

每一寸海流，

有爱情，也有斗争，

多少不眠的夜晚，多少警惕的眼睛，

在留心这海流的每一个动静。

一粒红色的信号弹扶摇直上，

焦急等待着的炮手微笑了，

几十门海岸炮同时喷吐出钢铁的火焰，

微睡的大地惊醒了，

宁静的海发出雷鸣般的回声。

那炮弹飞出时所激起的风，

卷走炮口上炫目的光，

把战士和大炮一齐照明。

那同时发射的曳光的弹道，

展开在广大柔和的夜空，

就像是一扇张开的巨大的孔雀屏。

枪声很快沉默了，

敌人小岛上的堡垒攻陷了。

迟升的月亮刚刚出现，

炮火的烟云还未消失，

那闪动着斑驳的光影的海面，

又出现那只小船，

那是押送俘虏胜利归来的

我们神奇勇敢的侦察兵。

大地，你歌唱吧！

海风，你也轻轻地吹扬起来吧！

在这日日夜夜都在斗争着的海岸，

是需要有永恒不息的音乐，

来歌颂和平最忠实的战士，

歌颂祖国最英勇的儿子。

1956 年，福建

英雄的厦门

英雄的厦门，

屹立在风浪之上的城！

你永远以乘风破浪的形象，

活在我的心。

从前，郑成功的战士，

从这里扬帆出征，

驱逐台湾的敌寇，

建立万世的功勋。

今天，我们又在这里，

向台湾擂起进军的鼓声，

那海上的万里雪浪，

正在那里万头攒动。

你以城中的千树红花作旗，

天风作歌，

跳珠翻沫，

冲破列阵，

轰雷闪电，

飞烟出云……

你的历史就是一只船，

载着英勇的人民，

向海洋前进！

啊，屹立在风浪之上的城

1956 年

（首发于《厦门日报》1959 年）

舰 队 之 歌

在早晨霞光照耀的海港，
微风吹动海水溅溅作响，
桅杆上升起出发的信号，
威武的舰队在乘风破浪。

　　穿过绿色的岛屿，穿过蔚蓝的轻波，
　　舰队的红旗如黎明和火焰一样飘扬。

在伟大领袖的关切之下，
以主人的身份征服海洋，
全世界都向太平洋倾听，
新的海洋国家正在歌唱。

　　遥远海岸的祝贺，
　　来自东方与西方
　　舰队的顶上照着群星和欢乐的太阳。

让风帆去到远方的海上，

让和平临到醒来的东方，

我们就是自由的保护者，

坚强守护着蓝色的边疆。

让歌声飞遍四方，

让海洋一同歌唱：

万岁你毛泽东时代和平意志的力量。

（1956 年）

和平和东方

大陆的亚洲，水面的太平洋，

十六亿人民同声呼唤你的名字；

用热情而又悲愤的声音呼唤你，

在战争的骚扰中，静待全世界人民的回答。

为了你，最可爱的人背着枪，

在朝鲜山地中正在英勇地作战，

为了你，那些不自由的国土的人民，

正在冒着被杀害的危险，寻找你的足迹。

因为我们不愿孩子们的笑容再被炮声夺去，

我们的母亲希望有一个不受恐吓的明天；

因为我们不愿像从前那样过着屈辱的日子，

我们是这大陆和海洋的主人！

解放了的中国给世界的东方注入新的生命，

希望的种子撒遍大陆和一切荒芜的海岛，

胜利的人民正在建设爱和幸福的国土，

没有人能阻止它的实现，正如没有人能阻止黎明！

和平的愿望不仅存在于印刷的文字和言词，

和平的愿望还活在行动中和活在事业上；

和平呀：用你的慧眼注视这伟大的现实吧，

把希望和爱情付给这历尽艰辛的革命的东方！

（1956 年）

⊙ **1957 年**

阵地与花园

忠诚的战士，
不仅是生命的保卫者，
而且也是生命的建设者。

在临海的高山上，
在威武的火炮四围，
几世纪以来被遗弃的土地，
如今到处是绿树和鲜花：
芭蕉的绿叶低垂窗前，
金色的木瓜如累累的灯笼，
日日红，美人蕉，排列成行，
蝴蝶和蜜蜂整天在这里纷忙……
昨日的荒芜已成为记忆，
在大地温热的胸膛里，
跳动着一颗战士热爱和平的心，

照耀多彩而芬芳的生命。

即使战士走了，
这生命还在燃烧，这颗心还在跳动，
在临海的高山上，在后来的人胸中。

1957 年 1 月 6 日，榆林港

（首发于《解放军文艺》1957 年 5 月号，后收入
《涛声集》等）

观　察　哨

像一座海上的灯塔，
我站立在伸出海中的高山上，
燃烧着对祖国的爱，
照亮周围每一条安全的航道。

我原是一个平凡的人，
来自中原一个小小的村庄，
伟大的党培养我成为坚定的战士，
带着农民纯朴的感情和志愿来驻守边疆，
看到这比旷野辽阔比天空深邃的海洋，
我的心呀就更加明亮。

脚底下低飞的云雾，把我举在高空，
放眼在无边的水平线上，
监视着白浪滔天的大洋。
那海上万千渔船，孕满它们的风帆，

在我的保护下英勇奋斗在风涛中。
不时有万吨轮船航过，载着货物走向海港，
我看见满脸笑容的友人把手搭在眉上，
即使望的不是我，我的心也感到热血滚动。

就让烈日用炫目的光芒曝晒我吧，
汗湿的军装正是我光荣的记号，
如果敌人进犯，那就要用他的血偿还我的汗，
就让台风一再狂暴地刮倒我的茅棚吧，
在露天下我也能栖息，风雨绝不是胜利者，
我又会再次修建起更坚实的营房。
就让寂寞盘踞在这边远的土地吧，
我栽种我心爱的花，我培植我喜欢的树，
战胜寂寞才是真正伟大的战士。

即使我仅只是一棵小树，
即使我仅只是无名的花，
可是我在这里生根结果，
这才是战士最大的骄傲。

1957 年 1 月 6 日，榆林港

（首发于《羊城晚报》1957 年 10 月 10 日，后收入
《涛声集》等）

椰　子　树

海上的风，

猛烈地吹刮着椰子树，

海上的风，

使我的心都感到摇荡。

然而椰子树

依然快乐地跟风抱吻，

它那太高的身，

激动使它站立不稳。

任凭再有更粗野的风吧，

它还是向高处伸长，

越过屋顶，越过小山，

好像要更清楚地瞭望海洋。

要是生长在海边，

它就一定把身向海倚斜，

像是要和海握手，

椰子树是大海最好的朋友。

它们有着相同的性格，

它们都喜欢风。

看哪！风又在梳理椰子树的头发，

风又在追逐它。

1957 年 1 月 8 日，榆林港

（首发于《解放军文艺》1957 年 5 月号，后收入

《涛声集》等）

无风的中午

平静的中午，
南海渔船宽大的布帆，
像无数海上的扇，
在静寂中喊道：
给我以风！给我以风！

载客的轮船，
疲惫地缓行在无浪的海面，
是为平静所松弛，
烟囱冒出的烟也不再起舞。

这时，远海出现两道白光，
两座飞起的浪冈，
两条深广的展开的道路，
转瞬间一切都在波动——

是两艘鱼雷快艇的疾驰，

从海底带来了风。

1957 年 1 月 9 日，榆林港

（首发于《解放军文艺》1957 年 5 月号，后收入《涛声集》等）

莺哥海月夜

和你并肩坐在海边沙丘上，
看那高处灯塔的黄光时明时灭
像是欢喜的心跳；
在你眼瞳中
也有远火在燃烧
起落如风吹烛摇。
而海天之上则照着一轮明月，
以和平的光辉将我们笼罩。

回想起那游击战争的年代，
敌人毁灭扫荡把我们逼上高山
也是这般的月夜；
但有谁欣赏
心中流动着夜寒
眼里有饥饿的火。
什么叫战争只有士兵最清楚，
这样的事情绝不让它再现。

1957 年 1 月，海南岛

（收入《回声续集》等）

榆林港之歌

战士的声音

我是一个祖国忠诚的士兵，
肩上扛着步枪和粮袋，
从北到南饱尝了十年烟尘。

在那炮火连天的日子，
我从黑龙江覆雪的森林出发，
跨过有敌人在顽抗的江河，
穿过烟火笼罩和枪弹横飞的城市，
带着一颗被信仰所燃烧的心，
一路扶起受苦难的人民。

随着百万大军过山海关，
我的脚步日夜不停地向前，

解放亲爱的北京有我一份，

可是来不及把她仔细地欣赏。

跃过长江天险，敌人兵败如山倒，

美丽的江南在我脚下飞过。

翻山越岭，踏上炎热的道路，

平生第一次见到大海，

我的心跟波涛一起欢呼，

立刻击碎残敌的防线，

登上灼热如火的海南岛。

祖国派遣我在榆林港驻防，

是我的士兵生活中第一次住了营房，

虽然这还不是我最后的宿营地，

可是我知道应如何建设它。

我扫清敌人残留的一切破烂，

赶走漫山的毒蛇和蜈蚣，

猴子和野羊退入更深的荆丛，

最坚固的工事诞生在我手中。

虽然这里树叶不落，草长青，花常开，

可是我知道它是怎样地变化，

而每一变化都留有我的汗滴，

这就使我更加热爱这个地方。

但是至今还没有一个诗人

能替我歌唱这壮丽的海港；

也没有一篇诗歌

曾写出战士心中全部美好的天地

和战士的无比豪迈的事业。

你，既然喝了我们的井水，

呼吸我们战壕的空气，

也请从我们的内心感触它的旋律，

唱一首我们的歌吧！

诗人的声音

我站立在临海的高山上，

出神地凝望着无边的南海，

心里久久地感到一种慰藉，

欢喜在我的血液里如火焰般滚动。

看哪！微波的大海升到高空，

好像一道巨大无比的蓝色的墙，

无数帆船几乎静止般贴在光辉的墙上，

太阳照着它，好像是片片贝壳在发光；

天空也成了一匹蓝色的绸缎，

长云是那上面闪光的条纹，

这时，崖鹰沿着轻云的路飞翔，

我甚至看见它暗蓝色的影子游在水中。

看哪！明镜般的海港停着一列军舰，

金色的阳光照耀着一面面的红旗，

每一道水波都在对着它微笑，

海面就像闪烁着无数的玛瑙和翡翠；

两架巡逻机忽然从山后出现，

隆隆的马达声震动在每一个浪花上面，

海滩上的贝壳，水底的珊瑚，

它们耀眼的色彩这时也分外鲜艳。

在我左边和右边，山冈如蜿蜒的游龙，

炮台是它的角，荆棘是它的鳞，

手持望远镜的哨兵站在高台上，

远远看来好像乘龙的天神。

在那里，花斑的鹌鹑栖息在荒草中，

在那里，绿色的鹦鹉飞过丛林，

在那里，野猪在荆棘中寻找食物，

在那里，蟒蛇盘在日光中的岩顶曝晒；

湿地上的野花，乱石中的藤萝，

隐蔽着无数不知名的雀鸟；

而新开的照耀着白光的路，

引我到那有槟榔绕屋的村庄；

那里有系着木铎的牛群在吃草，

那里有扁叶小舟横在小河上，

那里有结着累累果实的椰子树，

每次我从那下面经过，喉头就感到清甜；

那里，南国的少女劳作在树荫下，

她那光洁的肌肤，带着棕黑的颜色，

她骄傲地突起胸脯和祖露双臂，

但每次微笑却都如夏夜般温柔……

战士的声音

我爱大海，
胜过我曾经爱过的一切，
它的每一种热情和亲切的表示，
都使我的心起波纹。
我也喜欢栖息在这里的每一生命，
它们是我守望时候的友伴，
那住在海边的山雀，
就常常拜访我在岗位。

但是，我更明了军人的职责，
我所保卫的不仅是大海和山岳，
那在我心中日夜滚动的，
是对人类和平生活的万千感情。
黎明，知更鸟刚发出如箫似的鸣声，
山下一层白雾，海上万点风帆，
我注意渔夫怎样使舵，怎样牵网，
他们的丰收就是我保卫的果实。
黑夜，快意的凉风自海上吹来，
满载的轮船正向远洋航驶，
我长久地凝视它的灯光、它的黑影，
虽然那很小、很渺茫，

可是它那前进的姿态，
在平静的海上是多么使我动心。
而当光辉的中午时分，
我们的鱼雷快艇展开白光的翅膀
在水上勇敢地飞驰，
它又激起我战士自豪的感情，
我的想象中又出现征战的场景，
心也要随它到无限蔚蓝的远方去。

我知道，战斗的时日还没有飞逝，
壮志和青春仍然炽烈似火，
我的心永远不能安静，
每次大海的潮音传到我的耳旁，
那声响好像往日战炮的轰鸣，
它使我记起海上还有敌人在横行，
于是我的血又在沸腾——
我还有未走完的路程。

诗人的声音

忠于祖国的战士啊！
你有一颗能容纳一切的宏大的心！
汹涌澎湃的大海，
也不能形容你的感情。
真正的战士，胸怀拥抱整个祖国，

真正的战士，头脑充满战斗的思想，
真正的战士，心不老、灵魂不起皱纹，
能感到自己永远年轻，
这就是胜利的保证。

在你面前，
祖国的南海伸展到视线之外，
只隐约看到一道道白色的浪涛，
像错杂地绣在蓝缎上发光的花朵，
西沙群岛。中沙群岛、南沙群岛，
是祖国散在海上的无数珍珠，
而那里的浪中摇晃着敌舰，
那里的珊瑚礁出没着强盗……
战士！
你的面前还有千里的国土，
你要征服，要固守，要经历艰险，
去走那未知的道路。

战士的声音

诗人啊！
你的歌还只是一缕升起的轻烟，
你的歌
还没有迸发出明亮的火焰，
请你看得更远些，

唱得更洪亮些吧！

诗人的声音

今日的南海，给我以巨大的窗户，
展开伟大壮丽的画幅在我面前，
我不仅看见亚洲大陆，看见自己的祖国，
也看见别的国家、别的民族都在准备着，
准备着迎接一个更伟大的时代到来；
我看见了新的结合，亚洲的大团结，
看见了新的力量不可抗拒地在前进着。

在榆林港的左边，
菲律宾的森林里升起自由解放的大旗，
塔洛克率领他的军队行进在丛莽中，
战斗小组在山路上向城镇出发，
手中闪烁着崭新的武器；
在榆林港的右边，
胡志明解放了越南国土的一半，
无数的乡村和城市飘扬着金星红旗，
自由的国土正在从事伟大的建设，
强大的武装牢牢地保卫着胜利的果实。

然而我也看见
塔洛克的副手在群岛的南部战死，

革命还只流动在人烟稀少的地域，
无数的爱国者还在痛苦中等待，
自由还是千百次地被践踏。
而印度支那半岛的南部，
正义还在横遭邪道的审判，
杀戮是那里统治者最倾心的信仰，
养育稻米的湄公河流着鲜血，
西贡是太平洋西岸最伤心的城市。

我也看清楚，我更加注意到，
南沙群岛的左右两旁，
都有帝国主义支持下觊觎的敌人，
他们闪着强盗凶恶的眼睛，
流着贪婪的口涎在狂吠，
从无人烟的珊瑚岛上，
已有着数不清的可疑足迹。

守卫榆林港的战士啊！
你是和平的最前哨，经受风浪的先锋，
你还要在万里风波的南海上，
完成历史的进军！
让南海的尽头
也清楚地感到祖国的脉搏。

战士的声音

我是一个祖国忠诚的士兵，
肩上扛着步枪和粮袋，
从北到南饱尝了十年烟尘。

这个伟大时代的艰难困苦，
并没有被战士的心所忘怀，
榆林港不是我最后的宿营地，
前面还有一千里的征程。

我要去到南沙群岛的最南端，
插上五颗金星的红旗，
让全世界都看到
这不仅是中国神圣的领土，
而且也有着
伟大的中国人民解放军
战士的踪迹。

我所走过的漫长的战斗道路，
就是这诺言最有力的保证。

1957 年 2 月 2 日

（首发于《解放军文艺》1957 年 6 月号，后收入
《回声续集》等）

灯塔管理员

夜航中的海员呀！
你见过无数次那永久的灯光，
照亮在你们安全的航道上，
你可曾想过在那灯光下
生活着怎样的战士？
你可知道他的足迹
历遍了无数丰饶的城市和村庄
却落脚在这无人迹的荒岛
过着隐士般的日子？
你可知道他为什么
能忍受生活上和精神上的孤寂
守着最平凡的工作，用最高的热情
那晚上照耀的不像是银白色的灯
却更像是他血红的心？
在那儿，四围是茫茫大海，
唯有白云是他的知友，

海鸥是他的伴侣；

但当轮船在近海经过，

即使是风雨的深夜，

他也欢喜得几乎走入水里，

用钟爱的目光久久注视，

而这就是他最大安慰。你可知道

世界上有许多伟大的东西

而战胜寂寞是最伟大的！

夜航中的海员呀，

当你从那灯旁经过

请用你心中秘密的信号

和他谈心吧！

1957 年 2 月 4 日，广东

（收入《回声续集》）

悬　崖

悬立在烟涛迷茫的大海上，
以层层的石壁直垒上青苍；
它沉默，因为没有撼山震海的语言，
只等待暴风雨来临，它才放声歌唱。

1957 年 2 月 17 日，担杆岛

（首发于《延河》1957 年 9 月号，后收入《回声续集》）

海岛姑娘

从这块岩石跳到那块岩石，
像羚羊一样轻快敏捷；
她的光脚在撩动着云雾，
看来如同两只雪白的飞鸽。

她的胸脯这样饱满，
是不是贮藏的生命太丰富？
海的光明全部照在她额上，
为什么眼瞳却似深不可测的海底？

她是盛开的春花一般年纪，
热情的脸上如山桃带雨，
精致，明媚，善于感觉和永远欢愉。

她终于发现什么，来在榕树下伫立，
凝望着远处海上隐约的白帆，
好像女皇在等候她凯旋的船队……

1957 年 2 月 24 日，万山群岛

（收入《回声续集》等）

南海上一棵相思树[*]

南海上一棵相思树，

在春天的雨雾中沉沉入梦；

它梦见一株北国的石榴花，

在五月的庭院里寂寂开放。

它梦见那里的阳光分外明亮，

是因为它把雨雾留在南海上；

但它的梦永远静默无声，

为的是怕花早谢，怕树悲伤。

1957 年 2 月 24 日，万山群岛

（收入《回声续集》等）

---

　*　这首诗后改名为《相思树梦见石榴花》。

大风中的海

大风来了，

云在海面追逐，

浪在天空嘶喊，

一切经过的篷船

全都落下半帆，

那颤巍巍的船头，

全飞溅一丈高寒冷的雪花，

匆匆犁过不平的水，

转瞬在港湾里隐没。

鹰也同时向崖下飞落，

鱼也潜入黑暗的水底，

树在挣扎，山在摇动，

海天一切生命都惶乱藏匿——

这时，

唯有一艘炮艇，

以坚强的马达，

唱着雄壮的战歌，

向浪峰驰去。

1957 年 2 月 25 日，垃圾尾

（收入《涛声集》等）

红　　豆

亚热带的光泽，
南国的颜色，
灿烂妩媚如同春天的花蕊。
太阳整天在它的额上照耀，
阳光造就它智慧的眸子，
它的眸子有清晨纯洁的露水。
月亮在椰树的背后伫立，
用含情半闭的眼睛窥视，
因为爱和嫉妒而脸色苍白。
星星在远海的上空徘徊，
用只有青草能听见的低语，
整夜都在谈论它的美丽。
让我把这红色颗粒，
在不朽的心灵贮藏；
赴我高举订盟的酒杯，
为永驻的春天欢呼：

太阳万岁！月亮万岁！

星辰万岁！少女万岁！

爱情和青春万岁！

　　　　　　　　　　1957 年 2 月 25 日，万山群岛

（首发于《星星》诗刊 1957 年 6 月号，后收入《回声续集》等）

大　海

大海啊，大海！

让我借用你的声音，唱一首赞歌献给一个人。

因为你是人类雄心的发源地，

你给自由以完全的形象，

给世界以坚强的灵魂；

又因为你与太阳一同起息，与月亮一同运转，

你是宇宙间最恒久的法则，

既宽宏大量，又铁面无私；

也因为你终古以来就存在，创造了最初的生命，

我们都是由你而来，受你抚养而成长壮大，

人类的知识文化也因你而不断丰富，

诗歌也从你那里获得最雄大最无拘束的感情；

更因为你常动不息，永无腐朽，也从不止步，

你以燃烧的云作为旗帜，

引导人类走向更灿烂的未来，

我们要和你一样，以欢乐的波浪

把世界重新高高举起；

再因为你虽然严厉，但又多情，

你拥抱着我的祖国，

用最广大而深沉的爱……

让我借用你的声音，唱一首赞歌献给一个人。

大海啊，大海！

他和你最相似！

他是时代的巨人，又是普通的士兵！

在暴风雨的年代里，他率领自己的人民，

以疾雷闪电般的果断，无情地摧毁敌人；

当我们在失败中困惑的时候，

他对我的祖国伸出援助的手；

当人类在歧路上徘徊的时候，

他又发出战斗的号召，

使敌人发抖，我们微笑。

但是，在最复杂的斗争中，

他的长剑曾经玷污了无辜和善良的血，

就像你在暴风雨中毁灭了无数船只和生命，

因为理智还未能明察事物的全部真相，

正如人类还不能完全征服你大海。

但当暴风雨停息，月亮从漂流物中升起，

被粉碎的船只，遗骸送到沙滩上，

那是"毁灭"的陈迹，向航海者发出警告，

……人类站在岸上沉思，

于是机器代替船帆，杉木换为钢铁。

除非是怯懦者才向大海咒骂。

历史上还没有另一人像他那样，

生前受了最大的歌颂，

死后受到最深的痛诋；

但是我要说，他的功绩不是人人所能企及，

他的错误却是人人都容易造成。

让我们从流血中吸取教训吧，

也让我们还给真理以它本来的光。

我还记得那一个不幸的春天，

全世界最深沉的悲痛并没有浪费！

那伟大而美丽的灵魂已完全寂静，

他安息在千千万万和平战士的心里，

而他的思想，将永远是不可征服的种子，

播种了收获。收获了又重新播种，

每一代人民都将使它在战斗中不断增多……

现在，世界正在发生巨大的变化，

一切的艰难困苦都来到眼前，

谁要是觉得今天比昨天容易，

谁就是人民和历史的罪人。

让荣誉依然归于他吧，

哦，受创伤的鹰！

哦，被隐蔽的星！

太阳从东方出来，

真最耀眼的光辉驱散了弥天的阴霾，

世界好像暴风雨后的海洋，

一切又恢复了最美的和谐；

上面是阳光和空气友爱的交融，

下面有波浪和岩石最温柔的接触，

那寥廓而澄清的天宇下

苍鹰又展开它矫健的翅在飞翔，

那遥远的晨星，如同一滴快乐的眼泪，

在明净的大气中静静地燃烧……

即使天际还有滚滚的白浪如雪山倾倒，

但勇敢的舵手依然在驾着船只向前疾驰；

即使敌人正在更恶毒地向我们窥伺，

但这也将是徒劳而已，

因为受过暴风雨的考验后

真正的战士更坚定了自己的战斗意志。

我听见欢乐的歌声自海底传来，

我的心像被拨动的琴弦发出它的回声，

即使我的声音不能完全表达你的思想，

然而他依然是人人心中发光的形象，

哦，大海啊，大海！

1957 年 2 月

（首发于《诗刊》1957 年 5 月号，后收入《回声续集》等）

西沙群岛散歌

白浪的歌

白浪唱着歌
在远方的礁盘上。
有久积的愤怒
在它热情的歌中：

"我看见外国的强盗，
霸占孤零的海岛；
我看见祖国的渔夫，
血染悲伤的珊瑚。

"我带来他们的血，
寻找祖国的旗申诉，
我要走到那旗下，

向战士求保护。

"我唱的是祈求的歌，
呼吁正义快快来到！
自由快快来到！
光明快快来到！"

夜　　光

没有月亮的晚间
为什么海岛一片光明？

是云在辉耀
还是浪在反照？
我看见每一珊瑚碎片
都如珍珠般闪烁。

南海的夜
是青春年华的裸胸；
那光洁的肌肤下
一颗处女的心在跳动；

它整夜朝着北斗星
诉说着万年的爱情。

海　　员

他在心头贮存整个祖国，
金色的海岸，粼粼的水波，
还有亲爱的颜脸在竹帘后。

当他凭栏站在甲板上，
我看见这一切都浮起
在他那光闪闪的眼里。

他见过非洲的沙岸，
也见过南洋的椰子林，
都觉得不如自己的称心。

因此他来到南海的荒岛，
深情地注视海岸，注视水波，
仿佛那亲爱的颜脸也在树后藏着。

开发者

在黑龙江的森林里，
你是土地的保卫者，
你是一个士兵。

在南海的孤岛上，
你是海洋的看门人，
你是一个开发者。

我看见你收集各种彩色的商标，
我看见你收集全世界的邮票。
现在你又在发现鸟类和贝壳，
你是在发现生活。

热爱人类智慧的创作，
热爱自然美丽的生命，
这是士兵的心，
也是开发者的心。

女医生

在海岛的更楼上，
南方的夜白茫茫，
在少女的心中，
爱情在歌唱。

她还未恋爱过，
就把心给开拓南海的人，
一句情话也没有说，
用手指，用倾听来爱抚。

花香和波光的夜
无声地照耀在岛上；
博爱和深情的海，
无声地闪烁在她眸子中。

渔捞员

在蓝海的深处，
星贝闪闪发光。

在黎明的山谷中，
喷出一千支泉水；
在月光的庭院里，
开放一千朵玫瑰。

把泉水送给孩子，
把玫瑰留交少女，
使海的色泽，
化为爱的光辉，

就因为这你们捞取着，
在含辛茹苦的大海里。

彩色的海螺

工人们送给我，
一个彩色的海螺。

它的上面描绘着，
热带海洋蓝色的水波，
其中飘动绿的海藻，
金的鱼群，银的珊瑚。

它的里面却在讴歌
一个英勇的战斗，
交织着巨浪的怒吼
是正义的伸张，自由的开拓。

我的眼睛注视南海的水波，
我的心震响着南海的战歌。

思　念

越过万里风涛，
走上天涯海角，
三百工人足踩珊瑚
为南海打开黎明的路。

我记得彩霞飞鸟，

我记得星光船舶，

我记得热情的工人，

临别时对我咐托。

啊！光明的珊瑚！

啊！渺茫的烟波！

什么时候我的足迹

再走到你的尽头？

1957 年 4 月 24 日

（首发于《人民日报》1957 年 6 月 10 日，后收入《回声续集》）

时　代

一

一个旧时代结束了，
它随着一个伟大人物的逝世而结束。

一个更自由的时代开始了，
它在一阵震撼世界的暴风雨中开始。

真理从过错中上升！
生命在死亡上前进！
我观察到旧的是怎样在光荣中逝去。
我体验到新的是怎样在痛苦中降生。
这变化带着爱情与斗争，
像一阵火走进我的生命。

社会主义，这世界最真实的存在，
曾从血泊中扶起受挫折的正义，
曾从苦难中培植前所未有的幸福，
现在又在雷霆中，在烟尘里，
为自己洗刷旧的污迹……

"未来"在"过去"的基础上成长，
但那个伟大的人物负着历史的重担，
他预见了未来，却为未来所指责；
历史是无情的，
时代已超过他。

二

从来没有一个时代提出这样多尖锐的问题，
摆在我们的面前等待答复。

也从来没有过像现在这样多刚开始的事业，
仿佛每一天都是新的出发。

把思想的镣铐打断！
叫幻象让位给现实！
我们生活在人类历史最严重的时刻，
需要新的方法，新的战略，
需要最锐敏的洞察力，

也需要更大的魄力与意志。

暴风雨扫荡一切高山和平原，
所有的河流都在暴涨，
所有看不清前途的人都在动摇退缩……
注视着人类的爱情和仇恨，欢乐与悲伤，
这个需要拯救的世界永远在我们心中。

不管有人把毒螫隐藏在奸笑底下，
不管有人在前进中频频回顾，
无产阶级不满足于世界所已经给过的，
他正在调动一切有生的力量，
要对敌人发动一次新的进攻……

三

在滚滚的雷声中，中国的和风吹拂大地，
使一切生命都突然清爽。

于是带来风光明丽的艳阳天，
生命正以不平常的速度在成长。

啊，祖国，你几千年的历史，光荣和耻辱，
都是为着这个顶点，我已经看到，
你以新的斗争揭开了一个真理的时代，

新的思想联结了所有的国家，所有的民族，
人类正充满信心走向更光辉的未来。

幸福是初升的朝阳！
痛苦是蒸发的晨露！
因为找到了"团结"这个最动人的词汇，
你为我们时代引以骄傲的语言，
它将是人类向着未来的灯塔，
在一切艰险的路上向我们照耀。

为和平与建设而服务的科学万岁！
为引导人走向自由幸福的学说万岁！
使生命光辉的无名工作者万岁！
驾驶船只通过风浪的舵手万岁！
这就是中国在时代的峰顶上
发出的最明朗的呼声。

　　　　　　　　　　　　1957 年 6 月，北京

我们的春天 （1956—1957）

我的诗，无须借助"幻想"的孕育；
我的诗，只从"事实"的土地上萌芽，
在"热爱"的空气中开花。
我看见，在城市的广场上，
在披红挂彩的大街上，
出现了从未有过的游行队伍，
他们在欢迎一次新的革命，
这革命的对象就是他们自己。
因为农民结束了三岔路口的徘徊，
社会主义已如汪洋大海；
因为工人用宽宏大量的心怀告诉他，
要掌握自己的命运的只有跟着来。
喧天的锣鼓呀！你使我的心要从胸中跃出。
绵密的爆竹声呀！使空气和阳光火焰般灼热。
革命在和平狂欢的形式中出现，
中国又把新的真理告诉全世界……

这是一个不平常的春天，

我们等待它已等待了五千年；

关于它的音讯一年又一年地

被我们这一代

用焦灼的嘴唇询问了千遍万遍。

在牢狱的墙上，

在那殖民者为巩固他在中国的统治

而建立的石头牢房的墙上，

革命者用损伤的指甲刻着留给后代的誓言

就满怀信心地谈到它。

在城郊的一片瓦砾场中，

一排枪弹扫倒一批革命青年，

鲜血把所有的断砖碎瓦全染红了，

那时正是春天，路边的桃花却黯然失色，

那时不是我们的春天，

那时牺牲者最后跳动的心，

依然是对自己的春天的怀念。

大雪纷飞的冬夜，

茫茫山野出现一队踏雪行进的战士，

举起单薄的衣袖遮挡迎面的风雪，

让严寒和饥饿轮流折磨他们的肉体，

但有一股暖流在心中汹涌，

从那里生长出抵抗一切艰难困苦的力量，

那就是对未来春天的信念……

呵，这是五千年古老的土地

第一个真正的春天！

沿着乡村大道，马车在飞奔，

轮声在震响，

生产队的红旗到处招展，

田野上升起缕缕白烟，

烟中隐现着无数竖立着的打井机，

成群结队的人们，光荣的集体农民，

为向大地夺取社会主义式的产量，

正在英勇进军。

在城市上空，砖石的林木

以飞舞的烟云在天上写出最流利的字体

记录工人力量的壮大；

而在那烟云下面，黑浪般的钢

流向祖国的四面八方，

正在改变大地的面貌……

那些曾经在上海和青岛，天津和汉口

耀武扬威的外国强盗，

在大陆挨过铁脚，在朝鲜尝过钢拳，

现在又在蓝色的中国海

看到一队迅速穿云而过的

从中国工人手上诞生的银燕，

那裂帛似的巨响，

使侵略者的脑袋感到晕眩……

而那些回到祖国大家庭，

那些刚开始草创幸福的天地

边疆的各兄弟民族，

这时正以掌声和花朵的波浪，

迎接来自长春的解放牌汽车队，

由于爱情，也由于自豪心，

欢乐的泪珠闪闪地在阳光中滚动……

我爱我们革命的秩序。

我倾心于我们建设的速度。

……但在今日，也有靠别人的牺牲

换取自己"光荣"的人，

我们的欢乐与他无缘，

我们的春天——他们的"冬天"。

他们否定我们的一切，

借助谎言，借助迷途，

借助腐败的心，

妄想死去的旧梦再生……

由于他们的中伤，

教育了我应该以怎样的感情，

来保卫共产党所领导的

建设中的祖国。

生活在喊叫：危险来自右倾。

生活在喊叫：革命还没有过时。

战斗吧！

建设吧!

让爱情

像早晨的霞光一样

迅速地增长起来,

那新鲜的,火热的,至爱的社会主义,

就像太阳般高高升起,照彻大地和我的心。

1957 年 7 月 23 日

(首发于《文艺报》1957 年第 18 期,后收入《回声续集》)

西沙群岛之歌

一

三月的一个中午，当祖国的北方
还在寒冷的早春，
祖国热带的海洋，
却已吹着烫人肌肤的风，
我站在甲板上，忍受炫目的阳光，
看四围只有天和海，
只有蓝色的飞鱼在水面穿梭，
只有巨大的海豚在船头前面奔腾。
就在这样的一个中午，
当船员们都在想望陆地，当我觉得
寂寞的航程仿佛是无穷无尽，
突然，驾驶台上船长叫出一声："飞鸟！"
人们全拥上甲板，用欢喜的眼睛注视

一只孤单的海鸟从南方缓缓飞近，

这预示着海岛不久就可以看到。

于是，上高水手沿着绳梯爬到桅顶，

用望远镜向远方的浪搜寻。

又经过长久的等待，等待得不耐烦之后，

才在水天相接处看到短短的一线，

好像是水上浮着一根尺……

又是一条线，再一条线，又一条线，

这些珊瑚虫组成的、白线上有绿色的暗影，

像珍珠一样发光，

像处女地一样寂无人烟——

西沙群岛到了！

那是多么动人的场面呀！当汽笛长鸣，

那些远离大陆的海岛开发者，

那些对祖国抱着无限忠心的工人们，

像无数泉水突然从地下喷出，

无数的小船一下子全向轮船涌来，

朝阳般的颜脸，火炬般的目光，

眼瞳中荡漾着一滴快乐的泪，

热情在这岛上比任何地方都更动人，

因为他们对祖国的思念比任何地方都更深。

同志们！

在这祖国边远的土地上看到你们，

我的心至今还在重温那天的激动，
我的嘴唇
也还在渴望对你们说几句知心话
像战友相逢时那样……

二

西沙群岛，
这是由白浪、珊瑚、热带的鸟类和植物
所塑成的祖国南海上一排素馨花。
过去，除了鸟鸣和涛声，
寂静在这里已有太久的统治。
这里的海洋一半是水，一半是鱼，
这里海滩上每一片贝壳的碎片
也比美人指上的宝石更光辉；
但是，这里的左右都有窥伺的敌人，
好像是一窝毒蛇和一堆荆棘在那里盘踞。

这还只是在不久以前，
南越吴庭艳的军队
偷占我们群岛的西边，
并且把兵舰一直开到你们的面前，
上岸的水兵持枪要将你们赶走，
他们用暴力在这岛上竖立起强盗的碑记，
抢劫你们的肉食，临走时又开炮威胁……

他们连来三次，但你们看出敌人的心虚，

你们毁坏罪犯的碑记，

升起神圣的五星红旗，

沉睡几千年的西沙群岛，

仿佛第一次醒来，

那庄严的旗帜亲吻南海的天空，

唤醒了西沙群岛最初的黎明，

让暗夜发抖吧！

当敌人第四次再来的时候，

远远望见我们的一面国旗，

好像看见了百门大炮，

立刻开足马力转头逃跑……

强盗的伎俩施行了无数，

敌不过正义的行动一次！

那卑怯者的原形，

在阳光下是多么使人恶心！

而每一星期四，好像准时上班一样，

美国飞机以阴暗的翅影在浪上滑过，

昨天还是趾高气扬，

今天已慌慌张张……

你们的目光注视南海的残夜。

你们守望着远离大陆的海洋，

你们是在守望主权，守望尊严，

守望和平，也守望正义！

没有人能将这些岛屿从我们手中夺走。
我们的祖先在海浪中开路，
南海到处有他们的踪迹。
在这岛上，在这水面，
在这宁静中发光的大气里，
每一样事物都有祖国的标志，
岸上立着祖国渔民的小庙，
深林中有他们的坟墓，
万丈海底也有他们的骸骨。
我把耳朵贴在地面，
我把眼睛探索这无限的空间，
我听见心灵燃烧的声音，
混合着地下的细语和水底的喃喃，
要我们保卫这神圣的国土，
要我们继承先人未完成的事业……

三

现在，你们作为新时代的开发者来了，
我看见海岛在敞开胸怀欢迎你们。

我看见黎明时候海岛上空的早霞，
如大片发光的玫瑰，

纷纷散落在你们头上。

我看见你们穿过红色的晨曦，

沿着用脚踏出来的小路向树林走去，

路旁的避霜花，以宽大的绿叶，

抚摸你们紫铜色的胸膛。

而无穷无尽的热带海桐树，

张开白色的枝丫，

以木叶的喧哗在欢迎你们。

上面，成群的白色海鸟，

叫出深情的鸣声，告诉你们那里有宝藏；

下面，是一公尺深的鸟粪堆积层，

那是祖国集体化农村所需要的肥料。

我看见你们把它铲起，打包，

用肩膀扛到海边，装上轮船，

这使我想起你们是祖国一支探险队，

把无穷的财富源源运送给祖国，

大颗的汗珠从你们的额上胸上滴落，

我听见那汗珠唱出你们各人心中的歌：

"我原是一个贫苦的工人，

共产党和革命给我带来了新生活，

祖国呀！我愿意做一个南海的尖兵，

为你的富强不辞劳苦地工作。"

"我出身于被剥削的佃农家庭，

为了我的翻身多少烈士牺牲了，
我用自觉的劳动来开发荒岛，
是为烈士，为祖国，也为亲爱的人民。"

"我曾从一只渔船里走出来；
参加了游击队，为渔民兄弟的解放斗争，
那时养活我的是贫困中的农民，
今天我要以忠诚的工作来回报他们。"

"我是一个复员的志愿军，
身上还留着朝鲜战场上的烟尘，
现在又来到这南海的最前哨，
以劳动和战斗保卫边疆的安宁。"

西沙群岛的工人啊！
我知道你们喝的
是从千里外运来的祖国的水，
你们每日的粮食和菜蔬，
也是在遥远的大陆上生长，
你们生活中的一针一线，
无不带有家乡的可爱气息，
你们怀着感激的心，燃烧着对家乡的爱，
要用英勇的劳动来建设这边远的疆土，
支援家乡，也保卫家乡。
因为这，工作给你们带来了快乐，

也带来了战士的荣誉和骄傲。

四

中午，当海岛在热带的太阳下燃烧，
我又看见你们以轻装出发，
头上戴着潜水镜，手中持着铁矛和砍刀，
撑着小舟越过隆起的浪峰，
来到深水作业地区。

我看见你们一个个跃入水里，
潜游到海的深处；
我也把头俯在水面上，
通过潜水镜向海底瞭望。
我看见礁石上长满五光十色的珊瑚，
好像巉岩上开满四季的鲜花，
这边是绿色的枝条上缀着红花，
那边是紫色的树上盖着白霜，
有春天篱上的玫瑰，
有秋天园里的丛菊；
在花朵上面，在枝条四围，
有金黄的蝴蝶在闪光，
有蓝色的小伞在升沉，
有少女艳丽的花裙在飘舞，
有星星，有月亮，有云母，有水晶……

当海在波动，我看见月光下的花影，
看见雨中的柳枝，看见风中的花瓣，
以及夜空中闪烁的星群……

这时候，我看见你们在珊瑚群中游过
如一条灵活的鱼，
当你们发现一条潜伏的石斑鱼，
或是一团白色的刺球鱼，
立刻挺着铁矛向它刺去，
我看见你们迅速浮上海面，
矛头上挑起还在挣扎中的捕获物，
那是会吹气的刺球鱼，圆睁着巨大的凸眼，
那是三尺长的墨鱼，连续地射出污汁的喷泉，
但最后都因受创伤平息在船舱里，
生命很快地离开了它。
我看见你们空手潜入海底，
不久就有四条大海参在手里举起。
我看见你们手持砍刀，
在水底砍取珊瑚，
这时，一条巨大的鲨鱼正在近处窥伺，
你们立刻发现了它，一齐游回船边，
一手攀船舷，一手持砍刀，
结成了坚强的防卫的堡垒，
凶暴的鲨鱼也不敢进犯，
缓缓地向深海游去。

我也看见你们在水底探看洞穴，翻开礁石，
找出各种美丽花纹的贝壳，
这时，全世界最华丽的色彩，
都一齐在你们手中照耀……

这样地劳累了一天之后，
生命充盛的你们又在黄昏时举行球赛，
在月光下参加舞会，
弦歌丝竹一直响到深夜。
而有时，你们又乘着月色到海滩捕龟，
在宁静的沙上，海龟在缓缓爬行，
你们看到它在高地的沙堆中产卵，
然后爬下海滩，
这时以迅速的动作把它掀起，
巨大的海龟就束手受擒……
你们是在发现宝藏，
也在发现生活。
你们永远怀着一颗渔夫的心，
要把海的珍宝，更多地
献给祖国，献给人民。

五

五星红旗在热带的云中歌唱，
告诉我关于海岛光明的未来。

西沙群岛的工人啊！

你们不仅是这海岛的开发者，保卫者，

而且也是海岛的建设者。

我看见，新的生命

正经过你们长满茧子的手，

不断地在这些岛上诞生，

你们种下的最初的椰子树，

那嫩小的绿叶正在展开，

你们开辟的菜园，

正在炎热的日光中开花结籽……

我知道，在那新开的平地上，

将建造起崭新的气象台，

我也知道，将有无数的木屋

沿着林中的小路两旁展开，

那里将组织起无数新家庭，

并且会给这岛上带来最初的小居民。

你们的生活是一支美丽的歌，

但现在只唱出第一句。

我相信，经过时间的淘炼，

你们将得出最纯的珍珠。

让那些侵占我们领土的敌人，

有一天要认识我们的力量，

让他明白，西沙群岛是我们的门庭，

不允许他的刀光在这里闪耀，

让他明白，强吞诈取

这绝不是适宜的时代，

让他明白，扒手小偷

有一天要上正义的法庭……

为了这一天的到来，

你们还要踏平更多的风波。

你们现在的生活，

好像随时都在准备出发，

我从你们的脸上，听出波浪的音乐，

远方的涛声，也在预告你们更远的航程。

让我向南海新的一天欢呼吧！

也让我以这些诗句

像这里新的树木，新的谷穗和花朵，

同你们踏上更远的海路，

一直到南海的尽头……

　　　　　　　1957 年 8 月 14 日，西沙群岛的永兴岛上

（首发于《人民文学》1957 年 5 月号，后收入《涛声集》等）

岛　花

五瓣红色或白色的花瓣，
托在绿叶的掌上；
无数绿叶展开在地面上，
好像夏夜的天空。

无数的花朵远远看来，
好像无数灿烂的星光，
然而又比黑夜里的星，
更加顽强也更加明亮；

亚热带的太阳不能使它枯萎，
九月的台风也不能使它损伤；
它是守岛战士的花
　　是战士精神的象征——
　　　永远茂盛，无限坚韧，
　　　四季不败，日日开放。

（1957 年 10 月）

（首发于《羊城晚报》1957 年 10 月 10 日）

把心交他带去

在天山的那一边，
是我倾心向往的地方。
那里有静立原野的白桦，
飞舞的雪花从天空轻轻飘落，
大地纯洁如少女的心。
那里，都城的尖塔。
燃烧着一颗宝石的红星，
在风雪中，在深夜里从不熄灭。
这一切我都在梦中屡次见过，
醒来还感到一阵激情……

很久以前，那雪原的国度
就已经产生了最热情的诗歌
养育我们一代人的灵魂。
普希金是暴风中巨大的橡树，
每一片叶子都发出激昂的歌声。

莱蒙托夫是冲天火焰。

涅克拉索夫，忧郁和愤怒的云。

他们还只是在预言未来。

终于来到了十月风雪的黎明，

茫茫中出现一队战士，

带头的是高大的马雅可夫斯基，

喊出震动世界的嗓音，

给我们带来诗歌的再生。

啊，俄罗斯，自由的母亲！

你那火光与枪声的年代，

你那以战阵马蹄耕耘的年代，

震颤了耽于安逸的欧罗巴，

也惊醒了沉睡的亚细亚。

那顿河土地上的烽火红旗，

也照耀在广州的街道，

西伯利亚雪地飞驰的游击队

蹄声一直响到武夷山的密林里。

那时候，中国的先知

眼睛注视十月的光

从黑暗中开辟自己的路。

那时候，湘江的岸上

站立着一个英姿焕发的诗人

面对远山层林思索，

最深沉的智慧如适时的春雨，

最勇敢的花在山林初放。

经过三十年的风霜雨露，
十月又第二次在中国出现。
亚洲经历了翻天覆地，
帝国主义败走如雪崩山倒。
这时候，乌拉尔的工程师
在鞍山炉前教导着中国工人
怎样把矿石转变为飞翔的钢铁。
这时候，列宁运河的建筑者
来到三门峡的岩石上
带头打下千万农民幸福的基础。
三十年前那指点江山的诗人，
时间在他额上覆盖风尘，
而宏图在他心中则更加清晰，
他踏看黄河两岸，
他飞溅长江的急流，
望着昆仑的断云，指着太平洋的白浪，
人民的力量又要翻江倒海，
大地又出现更强大的进军……

看吧！在那太空之中
一颗光芒四射的人造新星，
标志了苏维埃四十年的里程。
全世界人民都在欢呼庆祝。

那率领百万部队

踏遍中华河山的诗人

又将再次带着中国的祝贺，

飞到我倾心向往的土地

在阳光照耀的早晨

登上列宁斯大林陵墓的台阶

向世界上最英勇的人民致敬。

趁飞机还没有启程，

让我把心交他带去吧！

带到那红场的一角，

带到那旗帜和鲜花的森林，

然后像一滴水一样

溶入那飞扬着手臂

和泛滥着微笑的人群的海里去吧……

1957 年 11 月 1 日

（首发于《人民日报》1957 年 11 月 6 日）

人类的新太阳

苏联呵！从你诞生的那天起
光明才真正来到大地上：
我们看见劳动升上宝座，
剥削化为烟尘，
那仁人志士血染的红旗，
变成笼罩世界的朝霞。
于是，连绵的城市
出现在万里的冰天雪地上，
千年干旱的草原
忽然卷起滔滔的白浪，
海洋被圈起，山岳被迁移，
荒地在播种，沙漠在绿化……
苏联呵！你四十年间的光芒
温暖全人类的心，
你证明人的伟大
和共产主义的战无不胜：

你所培养的战士

粉碎了最凶恶的匪盗

把世界挽救出来，

你所教育的学者

为揭开地球的秘密

足迹遍及南北极，

那微不可见的强大的原子

也驯服在你脚下

为和平的利益忠心服务……

四十年间转瞬即逝，

你又射出人类智慧最高的结晶：

那穿云流驶的小月亮，

那划过太空的新星，

是你向宇宙派出的使者，

你美化大地，又创造星球，

你是人类的新太阳！

你是生命的再造人！

呵，苏联！

1957 年 11 月 6 日

（首发于《教师报》1957 年 11 月 7 日）

台风中的巡逻队

草棚卷向天空，
瓦片纷坠地上。
一切生命都俯首蜷伏，
宇宙充满暴力和骚乱的音响……
突然，从风雨烟雾中
出现了海军巡逻队，
挺胸冲开雨的弹幕，
脚步踏住暴怒的风，
扶起老人在倒屋下，
挽救覆舟出狂浪。
天地间又重新活跃起生命，
一颗勇敢的心在领导它们反抗。

1957 年 11 月

（收入《涛声集》）

新　兵

他的手还留着泥土的气息，
他的心还没有被战斗的火焰燃烧过，
然而他忠实于家乡的委托，
操练中总受到上级表扬。
别看他外表安静，举止沉着，
他的思想却永远热烈紧张，
每一天都像有炮弹在他头上飞舞，
梦中也充满战斗的音响——
他渴望为人民立功。

1957 年 11 月

（收入《涛声集》）

涛 声

好像是骑兵师听到冲锋的号音，
催动千万马蹄踏过大地，
宇宙间是一片滚滚的雷鸣；
或者是胜利了的军队在山野间会师，
也同样发出震天动地的欢呼，
即使喉咙已经嘶哑了也不停止；
或当大炮刚刚闪过，
远处尚未传来它的回声，
步兵突然以急速的跑步跳过战壕，
同时发出气吞山河的呐喊，
连同步声、射击声和四方的回应，
久久地在天空战栗——
九月海上不息的涛声，
使水兵想起过去不久的情景。
但水兵的心中热爱和平，
又记起更动人的声音。

他想起小学生放学时，

从校门口一拥而出，

以幼稚的嗓音发出杂乱的叫喊，

奔向友伴或奔向运动场；

或是少先队在野外繁花绿草之间，

突然为春天所迷醉，

发出一声简单的挑战就赛跑起来，

只听见呼呼的喘气声和阵阵的脚步声；

或当和平的劳动的队伍，

在五一节走过天安门，

一齐扭过头来向毛主席摇动手上的花枝，

长久地发出衷心的欢呼，

个人的快乐，汇流入群众欢声的海洋里，

永生都不会消失……

1957 年 11 月

（收入《涛声集》）

湛 江 港

闪着强烈光芒的海港啊！

你是我从前日夜纠缠心头的梦想。

那时候我从一个港口走向另一个港口，

总看不见一个祖国自己的海港，自己的仓库，

那时候我一句话也不说，心里藏着一个大愿望

     ——什么时候，我才能够亲眼看到

自己人管理的一片干净的国土！

什么时候，我才能够向全世界证明

中国也能够建设并掌握海洋的事业！

现在你出现在我的面前，

好像神话中金碧辉煌的仙城。

我的心呀，你为什么狂跳，

眼泪呀，不要遮住我的视界，

让我清清楚楚地把这海港端详，

不辜负我几十年穿心般痛苦的热望。

眼前是你气魄雄伟的码头，

建立在碧蓝的深水之上，

那水门汀的高壁，好像海上的城墙，

老远就吸引海员的眼睛向你瞭望；

我看见引港的小轮燕子般飞去，

领回万吨轮船在平静的水面缓缓走来，

一声汽笛长鸣，那是朋友在向你致敬！

那些连云的仓库，永远欢笑地迎接阳光，

那一字儿排开的八座龙门起重机，

好像八支伸出的臂膀在向大洋招手，

又好像八只昂着脖子的雄鸡向东方歌唱；

那些劳作中的工人，这里的主人，

无论什么时候，脸上都有最动人的微笑，

那是为祖国的繁荣而动心，为光荣的岗位而欢笑。

从仓库的背后突然走出一列火车，

前头的机车喷出一朵朵飞升的白云，

不时发出一声直冲天宇的长鸣，

声音里没有惊慌，只有欢乐和自信。

纵横交错的铁轨密布在码头和仓库之间，

把海港热情的脉搏通向全国各地，

也通向伟大的心脏北京。

而当黑夜到来，那成排安装在屋顶的探照灯，

就一齐照出如水的银光，

整个码头如同白昼在照耀，
宣告人民国土的码头永远没有黑夜。
海面则有红色的航标在水上闪亮，
各国的远航轮船也闪烁密密灯火，
信任和友谊是这里永远不灭的光辉。

充满光芒和音响的海港呀！
从前的日子你却是那样的寂寞和黑暗，
那时你是荒芜的沙滩，没有花草和树木，
只有浪潮日夜无情地冲击你的边岸，
只有载着贫穷的渔舟永远漂泊在你水上；
胜利的人民决心起来改变你的面貌，
多少心血曾花费在建设至善至美的你呀！
多少汗滴曾流入你每一寸水门汀里面？
新生的祖国有最雄大的气魄，
要从事前人所不敢梦想的事业，
从边疆到边疆，从空中到海面，
人民到处都投入空前未有的伟大建设；
你的工程绝不是到这里为止，
祖国要你是一个无比雄伟的港口，
要你是一座连绵数十里的海城。

我看见无数的建筑工人在这里奔忙，
运载碎石和洋灰的汽车川流不息地扬尘疾进，
运载橙色细沙的牛车一辆接一辆排成长蛇阵，

而海上则千帆齐张，运来珊瑚石倾入填方中。

在预定停泊万吨大轮的港池上，

挖泥船把它的铁脖子伸到海底，

用钢牙把泥沙一口口啃起来。

我听见到处是钢铁、机器和水流的音响，

安装起重机的工地传来阵阵的电锤声，

压路机正转动着它笨重的轮子，

有节奏地唱出震动大地的歌曲，

无数工人整齐地叫出劳动的号子，

正在把码头支柱埋入海底，

整个海面都回响着他们强有力的锤击。

而在海港的背后，

一座新的城市掩映在绿色的山丘和树丛中，

那里闪烁着新盖的淡黄和雪白的楼房，

那里有开着巨大红花的火莲树，

那里马尾松、凤凰树、槟榔树交相辉映，

而在这一切上面，是湿润如油脂的亚热带的云。

你爱沉默的海鸥为什么也噪叫起来，

难道你也知道我心中的欢喜？

汽笛呀，你一再地向海天长鸣，

难道你以为自己比我的诗是更适宜的赞歌？

让我们全都联合起来，以一致的歌声，

赞美人民的壮志和热望！

赞美祖国雄伟的气魄！

赞美百代的建设！

赞美海上的事业！

1957 年 11 月

（首发于《作品》1957 年第 4 期，后收入《涛声集》）

哨　兵

我看见他沿着石块砌成的梯级，
一直登上那黎明时候发暗的小山，
有宁静的星辰悬垂在那上面。

当曙光射到他头上，我看见红星在燃烧，
还有那炯炯的目光也在燃烧，
好像是白浪的反照。

虽然他没有作声，
可是我听见他的眼睛在向大海说话，
而海在屏息倾听它：

"你早，我的友伴！
你用不息的歌声来陪伴我，
唱的是生的欢乐和一切和平的事物，

"而这也就是我的感情与思想，
是因为它我才来这里守卫，
即使你唱千遍万遍我也觉得新鲜。

"你的歌声给我以无限的慰藉，
和你在一起我永远也不感寂寞；
你的歌声是我的灵魂，我的心。"

1957 年 11 月

（收入《涛声集》）

水兵的生活

水兵的生活是一首歌，

白天在每一片帆影下响着，

保护它们走向大海，

去获得所想望的丰收。

夜晚它又飞向海岸，

守护每一孩子的睡眠，

那窗前的灯光，

也因它而更加明亮。

水兵的歌不响在屋里，

大海才是它演奏的场所；

水兵的歌，

要迎接风暴！

战胜波涛！

主宰大洋！

1957 年 11 月

（收入《涛声集》）

汉 滨 女 儿

围着一方色彩鲜艳的头巾，
黑夜不能隐藏恋爱的眼睛；
任荒野的风吹红她的脸颊，
也不管寒霜已在眉梢结冰。
灯火辉煌的轮船慢慢靠岸，
机房中跳出来她的心上人；
自由如今也来在荒滩野渡，
寒星下的码头最适宜谈情。

1957 年 12 月 27 日

（首发于《长江文艺》1958 年 2 月号）

告 别 北 京

有多少次分别，

在我们一生中发生过？

有多少离情，

在这不平凡的时代

屡次触动我们的心？

那不再的岁月，

那动荡的年代，

战争揭开我们的眼帘，

红旗在风雪中召唤，

和出生的茅屋告别吧！

和童年嬉戏的树荫告别吧！

歌声中洒下几滴难分难舍的热泪。

在那些日子里，

谁没有在匆匆出发的深夜，

紧紧地握着爱人的手，

集合哨已吹了几遍，
步声在门外催促，
三言两语回转迷蒙的眼瞳，
战争的急流一泻千里，
经年累月只有在梦中相会！

这一切都已成过去……
钟声又在早晨响起。
我们又要踏上新的征途，
选择这决定的是我们自己。

照旧是分别，
但时代已不同。
亲爱的北京，
这一回轮到要和你分手，
也许是最困难！
但是我看到
无数的人正在万里长途上跋涉，
鼓舞他们的
是那富强祖国的信念。
这时代最动人的建设，
像春天的花朵开遍祖国大地。
即使最偏僻的山村，
那伟大的思想也在发光。
我不能在这个时候

依然出入厅堂之间

做一个无忧的王子。

我的心向我呼喊：

和他们一起前进吧！

和他们一起在风中雨中

在烟里水里

为光辉大厦的建成

献出自己的一砖一石吧！

我羡慕，我热爱

这建设队伍中新的一代

从他们眼中

我看见的总是扬帆的船

和张翅的鹰。

每一天的生活，

都是新的出发。

我策励自己

有一个年轻的生命

固然值得骄矜，

但能想到自己的心永远年轻

岂不是更有无穷的欢欣。

让我经得住时代的重荷，

每一天都生长力量！

让我赶上他们，

现在当为时不晚！

让我回转临别的凝视，
用断然的声音对你说：
再见，北京！

1957 年 12 月

看　海

每一次看到蓝色的大海，
我的感情都得到了更新，
好像太阳在落海浴洗后，
再更光明地向碧天上升。

1957 年

（首发于《延河》1957 年 9 月号，后收入《涛声集》等）

雾中汉水

两岸的丛林成空中的草地；

堤上的牛车在天半运行；

向上游去的货船

只从浓雾中传来沉重的橹声，

看得见的

是千年来征服汉江的纤夫

赤裸着双腿倾身向前

在冬天的寒水冷滩上喘息……

艰难上升的早晨的红日，

不忍心看这痛苦的跋涉，

用雾巾遮住颜脸，

向江上洒下斑斑红泪。

1957 年

（首发于《长江文艺》1958 年 2 月号，后收入《生活的歌》等）

武 夷 山 歌

青年：

> 天上的云锦水中的月影，
>
> 都是为的衬托武夷秀丽的山岭；
>
> 空中有太阳地上有爱情，
>
> 都是为的献给你这山里最美丽的人。

少女：

> 最好最嫩的茶树种在高山上，
>
> 栽培采摘都由勤劳智慧的采茶人；
>
> 最勇敢最诚实的姑娘住在深山里，
>
> 唯有劳动而自由的汉子能获得她的心。

青年：

> 头戴野花身披薄雾的玉女峰，
>
> 天天对着镜台等候她的大王；
>
> 你背着竹笠赤着双脚的姑娘呀，
>
> 临水唱歌可是在等待你的情郎？

少女：

悬崖把倒影投入清溪的怀抱，

是悬崖恋清溪还是清溪恋悬崖？

生在草舍中的姑娘自有主见，

不学玉女空把无情的大王来等待。

青年：

高高的天游岩矗立在急流之上，

它的半壁有带露的山花戏弄阳光，

有心上去趁它最美的时候采摘，

无路可通只有使我徘徊张望！

少女：

漩涡急流只要驾船就能过渡，

陡岩峭壁也有勇敢的樵夫攀登，

不是岩上的山花冰冷无情，

就怕唱歌的人并无真心。

青年：

青青的竹林有隐藏的杜鹃哀鸣，

它的每一歌句都在诉说单恋的可怜；

我从春到夏从夏到冬地追随你，

为了见你一面已走遍武夷山无数山岭。

少女：

太浅的河里鱼多水不清，

悬崖滴水到了冬天冻结成冰，

唱歌的青年心上人是否只有一个？

新生的热情是否能百年常青？

青年：

忠心的男子要是另爱第二人，

除非是太阳分为二月亮两边升！

真正的爱情要是有枯竭的时候，

除非是大地无生物宇宙无星辰！

少女：

真心的青年请你过来，

就在白日光辉下我们来订盟，

武夷山是我们爱情的见证，

万古不灭的太阳是我们的保护人。

1957 年

（首发于《新港》1957 年第 1 期，后收入《回声续集》）

襄 阳 歌

久传晋代习家池，
花前柳下摆酒席，
更有岘山登临处，
沉吟徘徊堕泪碑；
李白一篇襄阳歌，
岘山千年垂诗史。
我来已是千年后，
童童岘山草萋萋，
鸣风苍松既不见，
颓亭残垣空追忆。
汉江改道绕远滩，
岘山底下无流水，
苏轼曾尝缩项鳊，
探访游处无消息。
风流云散虚名传，

剩山余水不足看。

忽闻人声起山前，

东奔西走挑土忙，

红旗闪处垒高堤，

一条长渠左右盘。

青年举起砸山锤，

火花尘烟绕腰间，

少女运土步如飞，

长辫蝴蝶舞双肩。

更有壮汉围堤上，

更举石硪齐歌唱，

歌句一停石硪落，

山摇地动久盘旋。

下山上堤细访问，

合作社员开怀谈。

要引山泉来四方，

水库抱揽岘山南，

山上栽培绿林帐，

鳊鱼重游深水潭。

再造岘山风景地，

又能灌溉万亩田；

千家屋前流碧水，

闺女檐下洗衣衫。

谈情说爱水库上，

鱼米丰足遍四乡。

黄连苦树连根拔，
幸福种子大家撒。

1958 年 1 月 6 日

（首发于《人民日报》1958 年 1 月 14 日）

迎　头　浪

迎头浪汹涌而来，

在船头上举起一树雪白的梨花，

然后多情地洒遍我全身，

那芬芳的花瓣

全都溶入我的心——

我看见

阳光明媚的田野，北国的春天，

亲爱的人穿着青布衣裳，在水井旁边

正轻声唱着爱情的歌，

托风带到遥远的海上……

这时

我不再感到寒冷和晕眩，

也不再用手擦去唇上的水珠，

那海水的咸味和苦辣

也仿佛变成家乡井水般香甜。

啊，大海呀！没有浪我就感到寂寞，

请给我以永远不平静的道路吧，

水兵的心需要风，需要浪。

1958 年 1 月

（收入《回声续集》）

中　流

请看那船夫独驾小舟迸发中流，
即使只能寸步前进也绝不退后；
有用的年华正应像他横渡急水，
大好河山还需激扬人心的浩歌。
拂海的长云是战阵的旗帜飘扬，
穿浪的阳光是爱人微笑的酒窝；
管它什么横流急浪在冲击小船，
理解战斗的快乐便是最大幸福！

1958 年 1 月

（收入《回声续集》）

闽　东　北

山中的流泉在空中飞作雨声，
流入平地又照见幽静的云影；
一群白鹭从村庄的上空飞过，
无数水田一霎时都大放光明。

1958 年 1 月

（收入《回声续集》）

汉 水 谣

宽阔的汉水，碧绿的汉水，
几千年来都在唱不平的歌，
也许是由于冷漠，也许是由于胆怯，
竟没有人谛听你究竟在唱些什么。

你来自秦岭，经过汉中、襄阳，
多少古代征战的军队在两岸出没；
三千里的流程穿越高山平原，
南来北往的宝物也从这里运输；

但从来没有人理解你的呼吁，
有用的水白白地流入大江湖泊；
一千年来你更被人无情抛弃，
荒山废城徒然增加你的寂寞。

还有那些英勇的纤夫，

把大粒的汗珠加入你的急流，
以他们的艰难喘息和惨痛长号，
指责时间在你身上淤积的浅洲。

只有那些照耀在水边的洗衣姑娘，
以她们的晶莹的美目抚爱你的碧波，
并且应和着你潺潺的旋律节拍
用她们手上银镯的叮当为你伴奏。

但是就连她们也不满足你的赐予；
当你无路可走而泛滥成灾的时候，
她们投给你的只有厌弃和唾沫，
因为她们也不明白你正为这愤怒。

宽阔的汉水，碧绿的汉水，
请收起你那几千年不平的歌吧！
你欢乐的时刻很快就要来到，
水利建设的战士正在你两岸出没。

1958 年 1 月

（首发于《长江文艺》1958 年 2 月号，后收入《蔡
其矫诗歌回廊·雾中汉水》等）

大风中的汉水

茫茫的两岸

已断绝了行踪；

沉沉的阴云

一直压到枯树秃林；

洲上一片白烟

那是沙在风中飞舞；

昨天还在逆流的桅樯

今天全停泊在隐蔽的岸旁。

只有那挂着红旗的舢板，

依然在横越风涛；

掌握水文的战士，

不停止和汉江的搏斗。

1958 年 1 月

（首发于《长江文艺》1958 年 2 月号）

隆　中

一

当时的隆中睡梦沉沉，
草庐的上空笼罩着阴云，
有时小片的雪花在飘落，
林木溪水全寂静无声。

还没有这些祠庙亭台，
来勾引游人的历史感情，
而且只有几个知心的朋友，
才谈起卧龙岗隐者的姓名。

阳光透过云层，时辰正中午，
诸葛亮在高床上闭目养神，
听到阶前有声响动，

他已知道是什么客人来临。

面前站立着一个军人，
败绩已使他懂得谦逊，
垂手恭立，未曾开口，
颓唐的目光已在默默恳请。

很久很久，诸葛亮并不理睬，
但思想已飞驰在中原战地，
无数野心家为争权夺利
正在那里厮杀不止。

而受害的是无辜人民，
美好的田园已变为废墟。
那些受驱策的盲目士兵，
也血流成河，尸如山积。

这一切他都记在心里，
天下局势他也深思熟虑，
他决心开始自己的事业，
绝不是出于一时的感激。

二

一支鹅毛扇，一辆木轮车，

他走遍了西南的崇山峻岭，
南征北战虽然终归泡影，
聪明智慧却获得千年的声名。

在历史发展的长河中，
知识的财富是一滴一滴地形成，
怎样让弱小战胜强大，
他的实践就愈次向我们作证。

在为那个时候的理想服务，
他确实是忠心耿耿，
这平常的山丘和草舍，
因为他的人格才大放光明。

今天我站立的山是他从前的山，
可我呼吸的已不是从前的空气，
我的思想也不是他的思想，
眼前的现实也与那时断然两样。

他曾经住过的那面山坡，
清溪依然绕着崖边流淌，
来自地下的那股活泉，
今天在灌溉新的麦田。

那被他抛弃的莽莽隆中，

现在正在建设青翠的林场；
附近农民为滋润这片山田，
一个小型的水库正在动工。

盲目的年代已经过去，
智慧已经用在最需要的地方，
人民自从胜利的那一天起，
就从劳动中产生无数的诸葛亮。

1958 年 1 月，湖北襄阳

官　山　河

从前的官山河，
穷神统治的山沟，
穷神统治的河；
每年春天都过早衰老，
夏天则有无数灾祸，
秋天带来一星希望，
冬天又把一切掠走，
剩下的是永远的荒凉与饥饿。

昨天的官山河，
两岸的芭茅一丈高，
重峦叠嶂水乱流，
左弯右转迂回多，
只有可怜的茅屋匍伏在山坡，
光明的生活总不肯照顾。

但是，官山河呀！
在你的眼睛看不见的地方，
以工人阶级带头，
祖国正在大跃进，
生活在你身旁的人民，
为社会主义所鼓舞，
已决定改造你的道路。

虽然你的两岸，
有无数壁立的陡坡，
就是太阳来攀登，
也要一步一停留；
更有那刀切似的悬崖，
只有飞鹰能停落，
爬山虎也难越过；
但是，在今天，
一万人正在绝壁上站立，
一万双手正在开凿长渠，
那黄色的围裙，
已系在每座山腰。
到处是一片铁锤的叮当声，
群山忽然变成工厂，
农民也成了工人，
他们根脉蟠结的大手，
开出一条大胆者的栈道，

上下都有浓烟迷雾。
最惊心动魄的，
是那吊在悬崖上的开山手，
当他燃点了引火绳，
迅速攀索上升的时候，
一声雷鸣，一阵硝烟，
立刻把他湮没，
山看见震颤，
水看见抖索。
还有那潮湿的沙滩，
水库的基础已清除好，
密集的人群熙来攘往，
头上是冬雨在飘落，
脚下是冷水和泥泞，
四周是歌声和篝火。
今天的农民，
信仰双手的力量，
要使清水流过天空，
要在云彩上面播种。

山，肯不肯让路？
你听，在爆炸的回声中，
它在低沉地回答：
　　我爱人们！
　　只是我无手足，

我不会自己让路。

但是，打开吧，人们！打开吧，

打开我的前门和后门，

让我也有出路，

让我变成水的通途。

给我绿水吧！

我潜藏丰富的生命，

我的青春能恢复。

山，已在人们的脚下低头。

就连那统治这里的

衰老的穷神，

也像一只拔掉羽毛的鸟，

它活着的日子决不会多。

在这全民大跃进的日子，

为获得全新的生命，

改变你的面目，

快回头吧，

流入人们指定的道路，

你在冬天里无声的官山河！

未曾有过的绿色将来到，

灰色将死灭，

红花将永远对着蓝天微笑，

而你的热情，

也再不会在荒芜中浪费，

无穷的希望，

正来自不绝的铁锤的叮当声中，

歌唱吧，你不再寂寞的官山河！

　　　　　1958 年 1 月，湖北均县

（首发于《祖国青年报》，1958 年）

农村水利建设山歌

为啥唱山歌

说唱歌，道唱歌，唱歌要看啥场合，
只见大海船弄波，哪有船儿上山坡！

看好水流才行船，看清草地才放牛，
如今农村大跃进，不唱山歌唱什么？

山高路远有人走，乱丝无头有人抽，
歌句不顺用心改，无风无雨云不收。

改了创作写众调，改了新诗唱山歌，
唱起山歌长干劲，一人歌唱大家和。

不打鼓，不敲锣，不怕走调人笑倒，

今天且把山歌唱，明天再写新诗歌。

斗北风

数九寒天高山顶，五更北风刺骨冷，
攻山攻水又斗风，千人万人排成阵。

你举锤来我拿钎，锤落钎钻冒金星，
北风再大吹不灭，千颗万颗照眼明。

更有心中一盆火，劳动热情威力猛，
就有冰山也溶化，莫说北风来逞能！

使起劲来汗淋淋，胸前额上水气蒸，
抬头看见红旗飘，风吹反觉爽精神！

北风北风不用争，你的威风早不行，
修好水利造好林，看你那时停不停？

打碴

要打碴，把衣脱，太阳晒，打赤膊，
身又轻来手又灵，使出劲来山发抖。

力要匀，稳脚步，手使劲，心沉着，

落下一碰喇叭花，落下五碰梅花朵。

一层土，三层碰，过细打，不马虎，
打得碰场像鱼鳞，修好堤坝赛马路。

高高举，重重落，千年坝，万年坡，
打碰修坝为哪个？社会主义步步高！

坝基牢，蓄水多，养鱼儿，风景好，
洗尽心底万古愁，幸福太阳当头照。

飞 土

工地人群黑鸦鸦，艳艳红旗遍地插，
运土民工一串串，好比大路过兵马。

西边来了青年队，脚步不小也不大，
两头沉来扁担弯，暗里使劲不自夸。

东边来了小车队，吱吱呀呀吹大话：
看你压得腰酸痛，五挑不如一车拉。

忽听空中哗啦啦，抬头一看尽惊讶，
一根铁丝半空挂，运土木箱往下滑。

又快又多又省力，独轮小车怎及它！
人人工作争上游，改良工具有办法。

李大贵

共产党员李大贵，要把河水引上山，
听了无数埋怨话，受尽辛苦千千万。

有个社员想不通，一曲倒歌来阻拦：
自古水往低处流，哪见河水翻高山！

更有社员和他吵，讽刺歌词好尖酸：
说了大话游四海，吹的牛皮不花钱！

冷嘲热骂他不管，没有仪器最作难，
一根竹筒一碗水，水平三点连一线。

如今河水翻上山，人人学习好党员，
思想解放万事成，千山万水等好汉。

张仁长

张仁长，英雄汉，领导群众意志坚，
战胜困难无数次，坚持三修洞子堰。

头次施工十来天，没开多远迂悬岩，
请来一位技术员，不说办法说困难。

二次施工主意强，绳子吊在悬崖上，
只因装药不小心，走火伤人又中断。

三次施工更聪明，木棍装药最安全，
齐心合力继续干，终于修成洞子堰。

天不怕来地不怕，英雄好汉不怕难，
只要革命干劲大，山可移来海可填。

早　起

星渐移，月朝西，梦里雄鸡喔喔啼，
新娘醒来找新郎，新郎早已上工地。

急忙穿衣把床起，卷起双袖拿工具，
新婚不能误修渠，也不梳头也不洗。

山沟田岸道路上，上工行列密又密，
镢铣相碰叮当响，后面紧把前面催。

忽听背后轻声唤，新郎回头展双眉，
心心相印全明白，四目相注不言语。

朦胧工地人声欢，新婚夫妇上土堤，
你挑土来我打硪，红色太阳刚升起。

雨　夜

沉沉黑夜压河滩，粗大雨点从天降，
快抽水来快突击，水库工地人忙乱。

清除积水任务急，怕雨不算英雄汉，
区委书记先下水，带头突击党团员。

妇女闻声来参战，铁桶百盆乒乓响，
浑身上下水如注，风吹雨打阵阵寒。

不怕冷水像针扎，人人都在水中站，
嘴唇冻得紫转青，咬紧牙关加油干。

想起从前干旱苦，眼前艰难不算难，
挖掉究根栽富根，现在辛苦将来甜。

砍柴队

一支队伍数里长，过村渡河盘山冈，
手拿扁担腰插斧，带锅带菜带米粮。

虽说脚下穿草鞋，身上却是城市装，
形形式式真特殊，实在叫人费猜想。

找个人来问端详，原来这是新气象：
市镇居民没柴烧，组织起来把山上。

自从农村大跃进，山地人民修渠忙，
集镇不见卖柴人，要烧柴得自己砍。

这事说来真新鲜，从古到今都少见，
农村跃进影响大，乡镇关系在改变。

参观团

大胆跃进成高潮，农村地位大提高，
看那村前大路上，参观队伍陆续到。

参观队伍谁带头，工人阶级当领导，
欢天喜地迎大哥，吹起唢呐鸣鞭炮。

大哥学习精神好，细细提问细细瞧，
革命干劲他留心，先进经验他记牢。

不自满足不骄傲，互相鼓励再提高，

千里探亲情意长，这番心思咱知道。

城乡关系有改进，工农联盟更牢靠，
工业农业齐发展，千年旱象一年消。

1958 年 1 月

附：

山 歌

一

说唱歌，道唱歌，唱歌要看啥场合，
只见大海船弄波，哪有船儿上山坡？
看好水流才行船，看清草地才放牛，
如今农村大跃进，不唱山歌唱什么？
山高路远有人走，乱丝无头有人抽，
歌句不顺用心改，无风无雨云不收。
不打鼓，不敲锣，不怕走调人笑倒，
今天且把山歌唱，明天再写新诗歌。

二

数九寒天高山顶，五更北风刺骨冷，
攻山攻水又斗风，千人万人排战阵。
你举锤来我拿钎，锤落钎钻冒金星，

北风再大吹不灭，千颗万颗照眼明。

更有心中一盆火，劳动热情威力猛，

就是冰山也溶化，莫说北风来逞能。

北风北风不用争，你的威力早不行，

修好水利造好林，看你那时停不停。

三

一支队伍数里长，过村渡河盘山冈，

手拿扁担腰插斧，带锅带菜带米粮。

虽说脚上穿草鞋，身上却是城市装，

形形式式真特殊，实在叫人费清想。

找个人来问端详，原来这是新气象，

市镇居民没柴烧，组织起来把山上。

自从农村大跃进，山地人民修渠忙，

集镇不见卖柴人，要烧柴得自己砍。

1958 年

（首发于《人民文学》1958 年 4 月，后收入《蔡其矫诗选》等）

丹 江 口

就在这夹江的两山之中，不久将兴建大坝，使部分汉水流向淮河黄河，灌溉华中华北，于天津入海。

冬天咆哮的风像快刀，
在不长树木的山上乱劈。

地形队员抱着标杆测尺飞跑，
呼出的水气在眉毛上凝结。

绘图板上的手冻得拿不住笔，
伸向枯枝搭成的篝火烤一会。

十根指头全都又红又肿，
最美的希望燃烧在他们眼里：

再过几年，这里将出观空前的奇迹！

夜晚的寒霜在不知不觉中降落，
水边已经结着闪闪的冰凌。

通风的布篷冷得发颤，
钻探队员的嘴唇又紫又青。

灯光下一双双火辣辣的眼睛，
在辨认刚取出来的岩芯。

有经验的眼光不需多问，
一个共同的信念在心里发声：

再过几年，这里将开始伟大的工程！

那些匆忙中建筑的宿舍，
分布在从前少人迹的山间。

用脚新踏出来的众多小路，
蛛网一样连接山上河边。

茅屋内弥漫湿柴的浓烟，
篱笆上晒着冻结的衣衫。

这里住的是那永不安定的居民，
人们称他们为地质人员。

一清早就冒着寒风出发，
到黄昏还在山沟里盘桓。

当他们摸着黑路归来，
每扇门窗又都笑语喧天：

再过几年，这里要变成光明的电站！

伟大的建设在艰苦中开始，
工人阶级的青春在闪闪发光！

1958 年 2 月

长江水利工作者的愿望

无数的眼睛，数亿人的眼睛，

抱着渴望丰收和对新生活的热爱，

在这大跃进的日子里正热望着我们。

而长江，这不明白时代真理的野马，

依然怒耸着鬃毛在幻想自由，

我们能不能一手把它擒住？

让那站在三峡急流之上的

钻探机的歌声唱得更动人些吧！

也让那猿猴不敢攀登的悬崖绝壁

美丽的红白测旗更多地在云端飞舞，

我们确信，有党的领导，

必定能找到那举世无双的缰绳；

时代已经允许，只要我们努力，

社会主义就会骑在长江的背上奔驰。

1958 年 2 月

（首发于《诗刊》1958 年 2 月号）

会 议 地

此事发生湖北省，
时在一九五七年，
地方属于麻城县，
村名叫作神仙垸。
那里干部不简单，
改进作风有板眼，
首先创立会议地，
占地一亩九分三。
从前干部开会多，
误了生产先不说，
脱离群众事很大，
主观领导害非浅。
现在干部大转变，
日出日入在田间，
带上农具去开会，
又开会来又生产。

这田又是试验田，

深耕细作它领先，

宽沟密植合标准，

革新技术样样全。

从此领导不用喊，

实事说话有力量，

操作技术大家学，

项项庄稼有进展。

但愿此举播四方，

传到机关和工厂，

领导会议都改革，

行行跃进总不难。

1958 年 3 月

（首发于《人民日报》1958 年 3 月 20 日）

宜　昌

一切都像在古画里：
碧绿的江水，流动的翡翠，
青蓝色的尖山屏风般竖立，
睛烟里是四川来的船舶，
渡口上有浣衣的船家女，
渔人住在沙滩上，
孩子背在竹篓里。
唯有山边红色的测流标志，
才透露出未来的万丈光辉。

1958 年

（首发于《收获》1958 年第 3 期，后收入《生活的歌》等）

天柱山上测旗

高高的天柱山直入青天里，
密密的荆棘封锁在它四围，
从前山民相信恐怖的流言，
说人上去，发怒的龙要喷水。

高高的天柱山直入青天里，
上面走动着勇敢的勘测队，
如今山民热爱鲜红的测旗，
说那就是红色的龙来治水。

孩子背在竹篓里……
唯有山边红色的测流标志，
才透露出未来的万丈光辉。

1958 年

（首发于《收获》1958 年第 3 期）

南 津 关

我信仰
　人心的伟大
　　　　——马雅可夫斯基

我不想诉说过去的事情，
过去的事情已不留痕迹；
使我欢欣鼓舞的是现在，
现在新的事物正在诞生。

我不唱直下江流的远帆，
也不唱升自波中的月亮；
这对峙水上的悬崖峭壁，
才完全迷住了我的想象。

啊，幸福的眼睛，快乐的心，
你从这些粗糙的熔岩里，
是否看见了大地的秘密？

是否理解到时代的真理？

我听说在这高峰峡谷间，
在这岩石紧束的长江上，
将筑起耸立云端的高坝，
永远结束那洪水的灾患。

告诉我，让高山出现湖海，
让碧空悬挂着万丈瀑布，
让光明照亮了半个中国，
这样的雄心前人可有过？

告诉我，让一对孪生兄弟，
被重山分隔的黄河长江，
又将携起手来改造大地，
这样的宏图不胜过大禹？

那亿万年前地壳的变动，
火山的爆发，峡谷的形成，
难道说已经替现代工程，
埋下最初的神秘的种子？

告诉我，已往一切胜利者，
有谁能享有我们的权利：
山河向我们揭开了秘密，

尘世一再地出现着奇迹？

啊，生活在和煦的东风中，
又做移山造海的中国人，
要手创扭转乾坤的事业，
有谁的气概能够相比拟！

我们已把理想变成现实，
现实又趋向更高的理想；
我们已使神话化为生活，
生活又成更动人的神话。

1958 年

（首发于《收获》1958 年第 3 期）

水文工作者的信念

从每滴水中，
我探询光明的音讯，
不嫌寂寞，朝夕守望，
不辞劳苦，饮露餐风，
心头早已涨满了水波，
水波又转化为光华的电流。

于是，在每滴水中
照见出心爱的人
不施脂粉，肌肤如雪，
不着艳装，遍体生光，
青山为她挂起绿帐，
象牙床上诉说万年的爱情。

1958 年

（首发于《收获》1958 年第 3 期，后收入《生活的歌》等）

川 江 号 子

你碎裂人心的呼号，

来自万丈断崖下，

来自飞箭般的船上。

你悲歌的回声在震荡，

从悬岩到悬岩，

从漩涡到漩涡。

你一阵吆喝，一声长啸，

有如生命最凶猛的浪潮

向我流来，流来。

我看见巨大的木船上有四支桨，

一支桨四个人；

我看见眼中的闪电，额上的雨点，

我看见川江舟子千年的血泪，

我看见终身搏斗在急流上的英雄，

宁做沥血歌唱的鸟，

不做沉默无声的鱼；

但是几千年来

有谁来倾听你的呼声

除了那悬挂在绝壁上的

一片云，一棵树，一座野庙？

……歌声远去了，

我从沉痛中苏醒，

那新时代诞生的巨鸟

我心爱的钻探机，正在山上和江上

用深沉的歌声

回答你的呼吁。

1958 年

（首发于《收获》1958 年第 3 期，后收入《生活的歌》等）

长江英雄赞

长江后浪推前浪，
长江英雄数不完；
为把水患变水利，
六千英雄战长江。

山林石洞当卧房，
青枝绿叶作眠床，
足迹走遍半天下，
光荣属于测量员。

送走太阳迎月亮，
万千岩石全敲遍，
建设长江打基础，
光荣属于地质员。

山上江面摆钻机，

日夜操作不间断，

大地秘密探清楚，

光荣属于钻探员。

监视洪水立江边，

风里雨里无怨言，

生命财产他保卫，

光荣属于测水员。

日也赶来夜也赶，

绘图计算提方案，

不久长江面貌变，

光荣不忘设计员。

如今全国大跃进，

长江英雄立宏愿，

两步并做一步走，

不争上游心不甘。

1958 年

（首发于《长江日报》1958 年 4 月）

新来的女钻工

未曾开口就先微笑，
两道飞舞的柳叶眉仿佛在说：
看我这身蓝色的工装
不正是生命的春天在照耀！
生活是怎样美好，
仿佛只有她最清楚，
隐藏在劳动中的神秘的歌，
仿佛只有她一人听到；
所以青春透过牙齿发光，
欢乐在眉间舞蹈。

1958 年

（收入《生活的歌》等）

司钻的自豪

在钻机的给进把上，
我清楚地感知地下的秘密；
在水和泥沙的气味里，
我指出山岳万年以前的历史；
从无数细微的不同音响中，
我听见岩石各种呼吁。
而你，诗人
能不能从我心里
掏出我所需要的诗句？

1958年，三峡南津关

（收入《迎风》等）

云　和　水

云从山上匆匆下来，
弯身给轻波以无数的吻，
然后又穿上拭亮的鞋子，
不留痕迹地在水面走过。

水，整天都在凝望着云，
用她深情的带泪的眼睛；
当云来到，她以全身心拥抱，
当云离去，她发出深深叹息。

我看到这古老的爱情游戏，
不禁要大声发出喊叫：
云呀，停止你的放荡吧，
你的责任是降落雨滴！
而水呀，别浪费你的热情，
你的爱人应该是大地！

1958 年

（收入《蔡其矫诗选》等）

前 线 姊 妹

老虎深坑不敢跳，飞鸟大海不敢照，
前线姊妹英雄胆，炮火下面来回跑，
海风吹起短头发，好像战旗云中飘。

苦楝开花似丁香，蔷薇开花一片黄，
前线姊妹怎打扮？赤脚花袄肩背枪，
腰上围着子弹带，臂上缠着红袖章。

莫说弹坑到处是，别看倒屋堆路边，
这些战伤算什么，胜利再造新家园，
未来信心花含苞，前线姊妹是春天。

1958 年

（首发于《热风》1959 年 7 月，后收入《蔡其矫诗选》）

闽北丛山

高山接云，
半岭有木板小屋，
羊肠小路，壁立陡坡，
千层梯田万层树。

深谷流泉，
岸上有绿竹千枝，
似金阳光，如银雾气，
一片浓荫一片水。

1958 年

（收入《蔡其矫诗歌回廊·翠鸟》）

长 江 大 桥

一

越过云影波光，
遥望长江大桥，
它是这样轻灵秀丽，
好像银链系江中，
好像玉箫浮水上，
好像长廊出波间。
但当人走近，
它又多么雄伟庄严，
它是直上青天的大道，
它是站立江上的高楼，
它是连绵数里的巨厦，
波涛在它脚下汹涌，
烟云在它顶上飘扬。

而这一切还未尽它的全貌。

当我登临桥上，

眼收万物，

才知道它的气概，

超过一切诗人的想象，

它如强健的翅膀横飞天际，

又如巨大的步伐跨过千帆，

它吞吐铁龙，

运载万众，

上托红日，

下罩碧波，

它枕卧龟蛇，

横亘楚地，

左抱中原，

右揽潇湘。

它是这样气盖山河，

使人一见便觉胸怀开阔。

二

从桥上俯视粼粼水波，

成列的风帆像静止的蝴蝶，

行进中的轮船像蠕动的甲虫。

在这宏伟的桥前，

一切都显得渺小。

虽然东流的水，

依旧萦绕汉阳树，

依旧照见晴川阁，

但都不能打动我的心；

有大桥的光辉，

它们都变得黯淡。

至于吴国废墟，

唐代遗迹，

沉没的鹦鹉洲，

拆毁的黄鹤楼，

再也不能引起我凭吊的心情。

因为胜利了的人民，

正在展开空前的建设；

看吧！三镇楼房，

大海扬波，

两岸工厂，

密林生烟。

我要说：李白无福，伯牙小志，

比起亭台楼阁，

大桥更是诱人的名胜，

比起高山流水，

征服自然才是最雄大的抱负。

三

你远自数百里外

跋涉而来的农民，

一手抚栏杆，

一手提干粮，

为什么欢喜的脸上挂着泪？

你体态龙钟

步履艰难的老祖母，

眯细着眼睛，

久久伫立桥头，

为什么微笑的嘴唇在抖索？

我知道你们心里

有着太多的激情，

因为你摸触到的，

不是平常的桥，

为了诞生它，

历史已孕育了一百年。

在那风流云散的年代，

太平军曾在这里建造浮桥，

可是不久就灰飞烟灭！

以后也有几次大胆的幻想，

要用钢铁水泥跨过江面，

五十年来也都——失败！

只有胜利的人民

产生了英雄儿女，

只有共产党的领导

赋予最坚强的意志，

只有全社会主义阵营

集中了最高智慧，

百年的花树才结果，

伟大的理想才实现。

四

但是，世界上一切巨大工程，

都曾牺牲无数血汗才建成。

而在风多浪猛的长江，

要战胜四十公尺深水，

旧的技术，

束手无策，

新的方法，

哪里去找？

感谢苏联专家的热情，

也归功中国工人的智慧，

让桥墩的基础，

深入大地的内脏，

让岩石长八只手，

牢牢地把桥托起。

而那些装吊工，

那些电焊手，

忍受严寒酷暑，

战胜狂风暴雨，

时刻不停金铁的交鸣，

日夜燃点火树银花，

以最卓越的劳动，

使桥提早两年建成。

这只是中国人民小试身手，

就已经把西方的老规矩埋葬。

这是六亿人将现异彩的征候。

这是祖国大跃进的开始。

1958 年，汉口

测量队员的爱情

清晨背着太阳上山，
黄昏送着太阳下山，
整天和太阳做伴，
肌肤毛发全感染它的光泽；
你们最爱的是太阳吗？

大风中你们奔跑跳跃，
暴雨里你们呼喊欢笑；
你们爱风吗？爱雨吗？

也许爱高山？爱荒野？
爱永远是艰苦的道路？
或是朝夕相处的山民？
或是图纸上每根细线？

你们什么也没回答，
但我的心灵却听见了——
凡是怀抱崇高理想的人，
都有无比巨大的爱情。

1958 年

地质测绘员

我知道
为着什么我入山。
双手攀荆棘，
两脚踏悬岩，
飞步履削壁，
纵身跃深涧。
心中有烈焰，
来去胆包天；
唱歌惊虎豹，
谈笑逐豺狼。
地层秘密我揭开，
凶山恶水建电站。

1958 年

海上孩子的思念

小小年纪就在浪上颠簸，
随爹妈在风里雨里生活；
身边既没有朋友，也没有同学，
只有大海日夜唱着友谊的歌。

他的心头也藏着一支歌，
迎风站船上他无声地说：
"风啊风啊！你可是要吹上大陆？
请把我的思念带给陆上的朋友。"

他手持着撑竿站在船头，
鱼儿成群在他面前游过；
"鱼儿鱼儿！你可是要游向江河？
请把我的思念带给村中的朋友。"

他手把着舵柄站在船后，

海鸥成群在他头上飞过；
"海鸥海鸥！你可是要飞向城楼？
请把我的思念带给城里的朋友。"

思念是一根眼睛看不见的线，
穿连在陆上海上小朋友的心头，
而谁的手牵着这根线？
那就是我们亲爱的祖国！

1958 年

⊙ **1959 年**

台湾海峡之歌

一

我带来一支歌，
唱给你，
啊，台湾海峡！
这支歌，
哽在咽喉已经很久了，
今天要向你吐露，
请用你的浪花托着它，
请用你的万丈波涛
紧密地呼应它，
啊，我的台湾海峡！

忆 海

海峡啊！
我曾航行在你海上，
从厦门到长江，
从厦门到南洋，
你是祖国海上一条走廊，
走着万千的风帆。

无数的渔人，
曾生活在你风浪上，
白天照耀风旗，
夜晚闪烁灯光，
你慷慨地献出珍宝
将万人喂养，
你以温热的希望
注满他们的眼瞳。

在我的旅途上，
你曾使我的心发亮，
你让我神采飞扬
赞美祖国美丽的海洋。
你无限广阔的天空，
你滚滚万里的波浪，
永远活在我心上，
啊，海峡！

问　海

今天，我心中悒郁
望着海洋，
看不见一只飞鸟，
看不见一片风帆，
云雾迷漫，海天无光。

美国强盗
堵死了这条走廊，
美国强盗
截断了南来北往，
有多少血泪
在你浪花上？
有多少痛苦，多少忧伤，
在你风涛中？
说吧，海峡！

他们不请自来，
霸占了你，要做你的主人，
黑暗临你头上，
到处散布死亡，
难道你肯俯首听从？
说吧，海峡！

他们在你身上
横冲直撞，
用铁鞋践踏你的胸膛，
难道你不起来反抗？
说吧，海峡！

二

海峡用云雾的双袖，
掩着悲泣的颜脸，
呜咽着不能回答。
让他养育的孩子
替他说吧！

海　员

我渴望自由的海洋，
渴望纯洁的海空，
阳光照在甲板上，
桅上呼啸着天风。

我渴望自由的海洋，
渴望听见轮机的歌唱，
船边飞溅泡沫，
头上海鸥飞翔。

我渴望自由的海洋，

渴望航行在南北走廊，

再执行我的职务，

把祖国的物资运送。

但是强盗不赶走，

希望全部落空！

我渴望斗争的呼声，

我渴望自由的海洋。

渔　人

看了北方看南方，

万里海上无孤帆，

别外光明此处暗，

面对海峡愁断肠！

台湾海峡不自由，

万千渔人苦难当！

台湾海峡不解放，

一块大石压心上！

日也思来夜也想，

只想海峡好渔场，

美国强盗不赶走，

千里渔场暗无光。

捧上愤怒一颗心，
只等祖国把令传，
解放台湾赶豺狼，
渔人也要拿刀枪。

水　兵

为解放国土台湾，
我日夜守望风浪，
人民的痛苦我看到，
战斗的呼声响心上。

风呀，你怒吼吧！
你卷起万丈波涛吧！
我心中有更大的风浪，
不怕你咆哮如虎狼。

让我向岸上战友告别吧，
让我把进军号吹响，
不能再在港口停泊了，
用炮火把敌人埋葬。

浪呀，你汹涌吧！
你掀起万层山冈吧！
我前进的心有如飞鸟，

再高的山也难阻挡。

三

电光在闪射，
雷声在轰鸣，
东来的风
又吹送台湾人民控诉的声音。

控　诉

望不到边的天，
望不尽的海，
受不了的苦，
说不完的罪，
亲人呀！你可知道
忧伤缠着我，
有如一条蛇，
我浑身都受束缚！

亲人呀，离别已经很久，
我们还未团圆，
被奴役的人，
已是遍体鳞伤，
心都碎了
彻夜唱着哀歌。

狭窄的牢笼何日爆炸？

四围的墙何时倒塌？

耻辱何时洗雪？

亲人呀！

把我的控诉、眼泪和歌声

都记在心头吧！

让我这歌声

变成汹涌的急流

直溅到你的脚旁。

四

我听见

岩石在低语，

天风在怒吼，

波涛发出千百种声音

都在为台湾呼号，

这是母亲

在怀念台湾人民。

怀　念

亲人呀，亲人！

我忘不了你的苦难，

我忘不了你的愤怒，

忘不了，忘不了，

忘不了"二二八"，

忘不了那些烈士，

祖国以有他们而自豪。

台湾呀！

你永无结果地漂泊，

你尝尽人间的风霜，

这一切都要结束。

你已经有可能，

从新的泉源中，

产生更新的力量，

平抚你的痛苦，

医治你的创伤。

这是大陆的声音，

这是亲人的心向你飞奔。

尾 声

海峡呀！擦干你的眼泪，

看我的歌登上船，

来到你身边。

看人民战士

从天空取下最亮的几颗星，

缀在烈士血染的旗帜上，

风吹动绸子，

红光在天上走动，

你用双手拿着它吧，

啊，海峡呀！

这面旗帜，

庇护幸福的江山，

也要庇护你，

受苦受难的海峡呀！

听！在那波涛上面，

是阵阵战士的脚步声……

1959 年 6 月 16 日

建国十周年

祖国呀！在这欢腾的节日，
多少人献给你最美的诗，
歌颂你的飞跃，
歌颂你的光荣。
我的心，
遵从义务的指示，
也在这丰盛的筵席上，

尽自己的一份——
让我以一片丹心，
歌唱你战无不胜。

祖国呀！
你是在雷霆中
在烟尘里
诞生。

你的出现不是为庆祝，
而是为革命。

当第一面五星红旗
由巨人的手
升上天安门前，
你的战士还在炎热的道路上
浴血前进。
当巨人的声音喊出：
"中国人民站起来了！"
无边的大地上，
你的英雄儿女，
又开始一个新的万里长征。

十次花开花落，
你从不休息，
为扫除障碍，
开辟道路，
高潮一个接着一个，
如八月十八的钱塘江口，
在大地上，
在人心中，
一个比一个雄伟。

1959 年 9 月 24 日

天安门广场

石铺的大地如无尽的白云，
所有的建筑都像在九重天上，
雄浑广阔，
天地一体，
两旁大厦光华夺目，
仿佛有成千月亮，成百太阳，
全来到这里，
照耀大殿、广庭，
绿树、银灯，
瞬息万交的色彩，
阵阵闪烁的霞光，
简直成了宇宙本身！
这样出神入化的造型，
应是天下仅有，地上无双！

这独具一格的构思，

绝不是给祖国锦上添花！

正如鲸鱼游大海，

鹏鸟飞九霄，

上国风度，

新人文采，

应由万双坚强的手塑造成形，

磅礴的气概，

生动的景色，

要无愧于祖国伟大的形象，

配称英雄人民辽阔的心胸：

怀抱着巨大理想

在世界上高歌猛进，

这是美丽！这是英勇！这是力量！

巨大，轻盈，

庄严，明快，

好像是把秋天和春天

结合在一起，

然后产生这样和谐的景象！

北国雪野般宁静光明，

江南水乡般丰姿多彩，

富丽堂皇的殿堂，

万紫千红的庭园，

冰样光辉，

玉样妩媚，

苍劲的青松，含苞的玫瑰，

涌起叠阁层楼，

直上彩云间。

这一切如一首响彻云霄的凯歌！

让英雄人物在堂上会见，

让久别的战友在庭前聚首，

并肩散步，

畅谈心曲，

更感到生活中的一切热情迎面袭来，

心里又想着出发，

雄心在脉搏里沸腾——

这里是崇高思想的厅堂！

这里是伟大感情的居所！

这里是祖国的心脏！

1959 年 10 月

（收入《双虹》等）

崇高的事业

一

党的英明智慧，

日月不能形容它的光辉，

宇宙不能形容它的无穷，

更不必说历史上的一代英主

盖世英雄

能和她的高瞻远瞩相比……

在那风雨飘摇的年代，

党从农民的一双大手，

看到革命的擎天柱石。

社会主义建设开始，

党又从遍地土高炉的火焰中，

炼出一匹工业的骏马，

载着崭新的时代奔驰。

现在，党又在人所不注意的地方，

指出了更大跃进的秘密……

二

亲爱的党啊！

我的眼帘由你开启，

我的心被你照亮，

我的声音

也本是你所赐与，

我怎能不再放开喉咙

歌唱今天你向我指出的

这为祖国所急需

为亿万人民所衷心欢迎的

平凡而又崇高的事业！

三

人们呀！

我们要改造千年以来的生活

直到每家的炉灶，

可你曾否想到

甚至我们周围的生物

也在改变它们的面貌？

猪，

这生活中不可缺少的畜生，

千年来一直有着奇怪的命运。

正人君子在筵席上

对它的一切无不虎咽狼吞，

从鲜嫩的舌头，

到喷香的尾巴……

但当他抹了油嘴，走出门来，

却还是要对它掩鼻！

连喂养它的人，

世俗也给予最大的蔑视！

在恶毒的言词中

最可怕的莫过于它的名字。

而今天，

我的歌，

就是要歌唱它，

我的歌，

就是要献给把养猪当作崇高事业的

千千万万忠于社会主义的人们。

四

我们的身体需要维他命。

我们的土地需要有机肥。

党对我们说：养猪吧！

一只猪就是一座制造肥料的工厂。

让土地有更多的肥料，

让土地有更强大的生命力

给我们产生更丰盛的粮食。

猪和粮食，

究竟谁是因

谁是果？

在历史老人的眼中看来，

它们是互为交替：

有更多的粮食，

能喂养更多的猪；

有更多的猪，积更多的肥，

就能收获更多的粮食。

这一连锁反应，循环不息，

它的威力就如原子弹的爆炸，

把"贫穷"这座大山掀掉，

使大地堆满财富，

使生活像一篇诗。

五

我们的土地需要有机肥。

我们的身体需要维他命。

党对我们说：养猪吧！

一只猪就是一座维他命的仓库。

让我们有更多的肉食，

让我们把因此而剩余的粮谷

去支援更强大的工业。

从大地母亲记事以来，

畜牧和种植，

就是农村巨人的两条腿，

物质进步的两个轮，

生活高飞的两只翅。

它们同时并举

就是农村在高速度飞驰！

六

在右倾保守的人们看来，

养猪是渺小的事情

甚至不值一提。

但在党看来，

这是有关人民的根本利益，

是大是大非，

是最实际的政治。

各级党委第一书记，

去当饲养员，又当司令员，

猪舍旁边就是新辟的战场。

因为人民需要的，

也就是党所需要的。

最优秀的党团员，

像潮水一样涌上养猪战场！

所有的机关、学校、工厂，

所有的街巷，

所有的山野，

空前奇迹出现了，

到处滚动着黑色的玑珠，

到处逡巡着有生命的硫柱。

这就是党的指点，

这就是醒觉了的人民的力量，

它的威力，

足以使山河在一夜之间改色，

让该生长的高速度生长，

该灭亡的也高速度灭亡……

1959 年 12 月 12 日，福州

（首发于《热风》1960 年 1 月号）

清 明 节

东风劲吹花满城，
眸亮唇红爱煞人，
厦门市里花如锦，
花色鲜艳不及人。
个个眼色净如水，
走起路来不沾尘，
游人路上常顾盼，
归来手上花一枝。
看花我也最着迷，
况是清明更沉醉，
莫论花色红与紫，
有香无香全解语。
唐代诗人留诗句，
人面桃花共一题，
总不能做世外人，
一生热爱人间事。

1959 年

前线三月三

一声炮响惊早梦，
揉开睡眼听情况；
原来今日是单日，
前线又送弹凌空。

钟声又伴炮声响，
社里敲钟唤起床；
井边打水擦把脸，
村边道上送肥忙。

送肥送到田中央，
前看后看插秧忙，
昨天还是溶田水，
今早涌现绿海洋。

左手一把嫩秧苗，

右手一夹插泥中，
汗珠滴在秧尖上，
水照蓝天嵌笑容。

南坡浇菜十姐妹，
北坡摘豆七大娘，
穆桂英组犀田水，
赵一曼班锄高粱。

锄声水声杂笑声，
山头又听大炮鸣，
巨雷滚滚凌空去，
惩罚炮弹穿云行。

田头细把金门望，
炮垒隐约冒烟尘，
天风欢呼打得好，
海浪扬声赞炮兵。

赞我炮兵仁义心，
专打敌垒准又狠，
民房古迹全保护，
炮弹不落金门城。

单打双停不含糊，

敌人乖乖听命令，
单日躲入乌龟洞，
双日才把枪炮鸣。

为何双日鸣枪炮，
实弹演习压军心；
知道双日我不打，
枪子炮弹向海倾。

再看单日怎么样？
大小金门死沉沉；
只听我们大炮响，
敌人枪炮不敢哼……

听炮不觉日升高，
村里又把钟来敲；
遥看村边大道上，
送饭社员一路叫。

自从上级来号召，
完成插秧要提早，
食堂设在山坡下，
插秧突击争分秒。

开饭集合来墓地，

忽见纸钱风中飘，
原来时届三月三，
扫墓踏青节日到。

过去踏青听哀歌，
现在广播满山闹，
先听一出戈甲戏，
再听一曲什念调。

听歌放眼望四方，
大地一片绿波涛，
海风吹来秧点头，
弯腰对着社员笑。

虽未上山踏青草，
却把春色尝个饱，
播田听炮又听歌，
插青更比踏青好。

（1959 年）

（首发于《热风》1959 年 10 月号）

厦门新歌

序　歌

山是故乡好，

水是故乡清，

歌是乡音最亲切，

南曲一唱更动情。

洞箫清音如月明，

玉兰花香飘满城；

琵琶轻弹山川绿，

风吹榕树细语声；

更有横笛飞长调，

明眸红唇照水滨……

风光乐声两相映，

百调千歌数南音。

一

诉衷情,

向厦门,

几句新词表寸心。

看!满城红花如织锦,

鸟语花香迷路人,

街头路边尽绿色,

恰似海边一园林。

厦门!厦门!

你是好园林,

我是相思鸟,

在你枝头上栖息,

在你花瓣中啜饮。

看!一年四季草如烟,

十二个月花不断,

风和日暖惹人醉,

恰似永远艳阳天。

厦门!厦门!

你是艳阳天,

我是凤凰木,

在你温暖中开花,

在你光明中灿烂。

二

望金门，

愁云惨雾，

怨气冲天。

看空虚死寂海港，

停泊破旧小船；

无花无树山间，

星散荒芜田园；

船夫在吞声饮泣，

农民在忍饥受寒。

看远海水平线，

出现一缕白烟，

是美帝国主义兵舰，

制造这一切灾难……

好比波涛汹涌，

愤怒在我胸中激荡；

好比天上乌云，

光明不来，仇恨不散；

好比海中岩石

痛苦永留在我心间。

三

忆往事，

心开怀，

行行重上水操台，

举目远望烟波处，

所见全是多情海。

自古以来厦、金、台，

血统文化是一脉，

亲密已如连理枝，

帝国主义难拆开。

多情海！多情海！

莫问郑公何时来，

且看眼前众英才，

雄略远谋群魔惊，

万里风浪脚下踩……

明日再看多情海，

厦门台湾水路开，

耀眼阳光照海峡，

五星红旗插金台。

（1959 年）

（首发于《热风》1959 年 10 月号）

后 田 村

仰望高山，
虎踞龙蟠，
山谷顶端是后田。
回看平地，
白云如烟，
绿荫深处见龙岩。

一条石板路，
引到篱边小店，
墙角廊下，
徘徊审视想当年：
正春初夜寒，
云稠月暗，
一声惨叫，
手起刀落，
杀了狗腿火烧天。

长矛钢叉，

马刀斧头

砸烂了地主酒宴。

天明开仓，

午炊胜利粮，

穷人初次认识党。

走过村舍，

满眼绿苗，

扑鼻稻香。

有多少英雄故事，

烈士遗迹，

留在这美好田园！

动人最是山边古庙，

遗物犹在：

墙上海螺，

壁下鸟枪，

旗帜留弹痕，

臂章带血斑。

忆当年红旗高举，

四野响应，

暴动队伍，

云集庙前，

分兵三路，

直下龙岩。

又重新整队，

回到后田，

开辟新道路，

播撒新信仰，

抛无数头颅，

奠定今日江山。

（1959 年）

（前发于《热风》1959 年 10 月号）

金 砂 乡

万山丛中深沟，
星散贫寒村落，
筑岸开坡，
引水挑土，
创出如鳞梯田，
镶着青松绿竹。
山高蔽日，
青苔满路，
时见云雾封锁，
转眼大雨如泼。
一年辛苦，
收下谷粒不比汗珠多，
又有高租众税，
人民只能半饱半饿。

唯有党，

懂得金砂痛苦；

唯有党，

来把穷壤眷顾。

最初火苗，

照耀平民夜校，

迅速烧起漫天大火：

五千人脖上红巾，

手中梭标，

数路会合，

紧紧将县城围住。

暗夜渡河，

拂晓攻击，

喊声震天，

星摇月落。

登梯越城，

北门先破，

街巷中往来冲杀，

狗官地主龟缩。

又围城三天，

敌兵丧胆，

民心振奋，

山河高歌。

胜利队伍回乡，

继续英勇战斗：

烧田契，

打土豪，

成立苏维埃，

推倒旧制度。

千年以来第一次，

人民做了主。

一块新天地，

照耀全中国

（1959 年）

（前发于《热风》1959 年 10 月号）

⊙ **1960 年**

古　田　溪

上有层峦叠嶂，

下有狭谷深溪，

水急如箭，浪高如飞，

巨流触石千层雪，

狂涛叫嚣万壑雷；

无雨生烟，

草木水湿，

悬岩陡壁羊肠路，

自古以来少人迹……

是谁，

将猛水腰斩四段，

筑坝四级？

是伟大工人阶级，

拦起浊流怒浪，

变为清流绿水！

是千百万民工，

挥起穿山铁臂，

去弯裁直，

死寂河床

只留水痕浪迹！

看，人工湖上数十里，

平静如一片玻璃，

照得山更苍翠，

云更多姿。

壁立高坝，

溢流飞溅，

晴日高照，

横空升起虹霓，

更是雄伟壮丽。

看，不夜电站，

地下明珠，

光辉无穷，弦歌不歇，

从其中产生多少电流，

造化哪能有此能力！

荒山新村，

深沟街市，

盘山有洋灰马路，

栏杆石级；

山顶有灯光球场，

露天舞台，

整个如同一个奇迹。

新事暗记，

往事重提：

这里高山密林，

原是野兽巢穴；

这里狭谷波涛，

带有多少血泪！

人民咽粗粮，穿破衣，

喂豺狼，卖儿女，

市镇不敢入，

斗大字不识，

一生无鞋袜，

照明用竹篾。

生生死死，

有谁顾惜！

正是一穷二白，

才下翻天壮志。

看那引水隧洞

英雄风钻手，

汗淋如雨，

四面岩石包围，

在烟中，在水里，

顶住百斤凿岩枪，

忍受艰难呼吸，

一心攻取高度进尺。

再看出碴女民工，

湿发赤足，

三百斤岩石抗肩上，

抢步如飞，

昏黄灯雾中，

热情双眼似火炬，

为风钻手赴阵开路，

苦战不息。

坝基上，更有无数队伍，

狂风吹不散，

暴雨扫不倒，

如龙似虎，

日夜突击，

任务永远提前一倍完成，

质量总是第一……

比起千丈高山，

万丈恶水，

人，是多么小，

多么细微！

但有工人带头，

组成新的集体，

就叫高山俯首，

恶水下跪。

是伟大的党，

领导这伟大事业，

教人敢于幻想，

又把幻想变成事实。

聪明才智，

过去时代也有，

为什么在从前，

计划数年，

可曾有半点成绩？

空令外人讥笑，

自己气馁！

是谁？

使大地斗转星移，

古田新生，

福建扬眉吐气？

是社会主义制度，

是站起来了的伟大人民，

使凶山害水转变，

光明照遍大地，

电力到处开花。

自然演变，

万代千秋，

不及英勇十年；

人事变迁，

更难以岁月计算。

十年百年以后，

雄伟拦河坝，

壮丽水电站，

也许成了名胜古迹；

我们要用原子

再次掀天动地，

要从未名元素中

取得新能力，

去征服宇宙，

改变大地。

给我们这大胆幻想

教我们以浪漫主义

又是谁？

1960 年 2 月 19 日

福州迎春

城里锣鼓喧天，

红旗招展，

走过的都是报喜队伍，

个个神采飞扬。

创下崭新纪录，更好榜样，

引兄弟伙伴，

龙舟竞渡，你追我赶；

三大万岁，

更加辉煌灿烂！

城外人海人山

笑语声喧，

见到的全是绿化战士，

人人锄头在肩。

种上青松翠竹，蜜橘红柑，

让花果绿荫，

下连江河，上接云端，

无限好景，

再铺满地锦缎。

1960 年 2 月 24 日

南 平

南平！南平！

靠山临水，泊船带林，

楼房连山起，

烟筒排成群，

早晨红霞紫雾笼罩三江，

晚来万颗明珠照耀山城。

雄伟形势，

秀丽风姿，

于今更动人。

南平！南平！

旧貌不见，新象环生，

纵横数十里，

工地密如星，

北去建溪电站千军万马，

西行无数工厂似栉如鳞。

高速建设，

四蹄生风，

变化无穷尽。

南平！南平！

红旗高举，标兵如林，

英雄数十万，

战阵列成云，

应将蓝天作纸——写下，

且把沧海为屏细细摹临。

扬鞭跃马，

文采风骚，

眼看照八闽。

1960 年 2 月 25 日

三 明 好

三明好！三明好！
烟如旗帜云似涛。
铁塔挂彩霞，
钢花冲云霄。
白日晴天雷咆哮，
平地闪电光万道；
夜晚高炉出日月，
电焊又把繁星抛。

三明好！三明好！
溪水中分山环抱。
竹棚接高楼，
板屋临大桥，
艰苦朴素搞建设，
先公后私风格高，
千人万人都称赞：

427

共产主义大学校。

三明好！三明好！
钢城儿女尽英豪。
深沟脚踏平，
高山手推倒。
要和时间争分秒，
哪怕汗水似雨浇，
推起手车赶太阳，
开动汽锤地动摇。

三明好！三明好！
英雄儿女正年少。
青山永不老，
绿水长欢笑。
要叫钢锭遍地跑，
建设福建立功劳；
雄心大志为祖国，
摘星拿月能做到。

　　　　　　　　1960 年 2 月 29 日

水　仙　花

玉盘金杯，

由翠袖高举，

年年把酒对君歌，

年年报春为君舞。

如云中白鹭，

如浪上海鸥，

一身冰雪舞东风，

斟酒放歌送寒流。

兼有高风傲骨，

志士抱负，

不甘随缘寄名园，

生根传种山野间，

沃土肥田埋数年，

一旦花开供君前——

热情能耐久，

香花长依旧。

1960 年 10 月 12 日

工地早晨

炮声揭开了工地的黎明，
硝烟缓慢地升向山顶，
河上忽然降下碎石的急雨，
点点的浪花又带来水声。
一声悠长的汽笛刚起，
警戒线上的人群似潮涌进，
晨曦照耀着他们的藤帽，
上面有数点红旗分外鲜明。
引擎依然唱着不息的歌，
风钻又发出啄木鸟似的鸣声，
河面有满载的渡船来往，
大路上又扬起淡淡的黄尘。
建溪就这样开始新的一天，
推动着即将来临的更大跃进。

1960 年 10 月 29 日

排　架

竹搭的高楼，

凌空的走道，

一层层，

一行行，

有手车在飞跑，

铁轮在吼叫。

虽篾条牢牢系着，

每一步都感到动摇。

仰望是登天梯，

俯视如临深渊，

难道有人会心跳？

看那出碴工，

抬起巨石如飞跃；

看那浇捣工，

推着斗车电闪照；

板缝中突然钻出女电工，

对着飞步满脸笑。

工地从无胆怯汉，

英雄敢走一线桥。

1960 年 10 月

渡　口

晨雾笼罩所有的山头，
只有一束阳光落在上游。
所有的道路全是上班的人群，
最密集的要算这渡口。
待渡的人排成行列，
沿着陡峭的阶梯一直到公路，
扁担在肩，刀斧在手，
紧急中还把秩序遵守。
看着满载的船稳渡，
计算着轮到自己还有多久，
有人谈话，有人抽烟，
有人心里暗把工作计谋，
相识的把吸着的烟无言相递，
不相识的也对你微笑点头。
自觉的纪律和深沉的友爱，
在建设工地上每时都有。

1960 年 11 月 1 日

穿山斩水人

建溪歌

武夷山高插入云，
建溪水急浪翻腾，
飞流卷起千尺雪，
浪打礁石起雷声。

从前只闻行路难，
滚滚洪涛谁关心？
宝贵资源空流过，
冷落寂寞到如今。

一轮红日海上升，
万里江山换主人，
乘风破浪搞建设，

建溪两岸起歌声。

英雄好汉来四方，
有党交给翻天印，
决把山河重裁剪，
风雷雨电听命令。

开挖工

风钻工，龙虎胆，
泰山压顶敢担当！
怀里抱着一支枪，
打得石头冒青烟。
岩尘纷飞扑人面，
衣服一天湿几遍，
心中有了一团火，
黑暗洞中是春天。

放炮工，雄赳赳，
掀天揭地霹雳手！
装药塞孔快如电，
一声巨响山发抖。
过去泰山夸海口，
千年稳坐老不走，
要是落在炮工手，

叫它翻身打斛斗。

出碴工，打冲锋，
好比猛虎下山冈！
挥动铁耙迸火花，
上上下下奔跑忙。
肩扛巨石飞如燕，
哪怕石碴满洞中，
高山可移海可填，
顶天泰山搬得动。

洞挖战

愚公移山嫌太慢，
要学二郎把山担。
红旗遍山间，
杀声喊连天，
队队人马驰进洞，
洞里摆下大战场。

机器摆下钢铁阵，
好比猛虎添翅膀。
马达声隆隆，
风钻敲鼓点，
洞中日夜风雷急，

虎啸狮吼声不断。

炮工不等炮烟散，
埋头就向烟里攒。
战斗争分秒，
人流似狂澜，
汽车怒吼驶出洞，
全速飞跑一溜烟。

走道排架密如云，
上下左右烟尘滚。
洞里灯不明，
只闻出碴声，
走近前去仔细看，
个个都是擒龙捉虎人。

围堰问答

是谁斩水打头阵？
是谁战斗在水下？
谁的干劲比天大？
谁的本领赛哪吒？

潜水工，干劲大，
日夜奋战在水下，

本领赛过小哪吒，
河床岩石搬了家。

谁是当今活鲁班？
谁敢弄斧在云间？
谁能巧造高楼阁
既能下水又上天？

竹木工，英雄胆，
起落钢斧在云间，
精制木笼拦急流，
巧搭排架上了天。

谁的力量赛霸王？
十层大楼一手提？
谁能稳坐太师椅
急浪漩涡听指挥？

起重工，了不起，
千吨木笼一手提，
哪怕河水宽又急，
翻身定位随他意。

谁是斩水主力军？
谁的手艺夺天工？

水上造城又造山，
斩水犹如虎牵羊。

大将先锋都点过，
没有士兵打不成，
没有粮草走不得，
谁是后勤谁是兵？

千层骨料四处寻，
民工挑来船只运，
共产主义大协作，
千人万人上战阵。

攻关战

万事起头难，
放水第一头，
党委擂战鼓，
发起攻关战。
搭擂台，
点兵将，
吹东风，
摆战场。
巧安排，
抓重点，

争分秒，

夺高产。

催马赶日月，

进度追火箭，

出碴如潮涌，

衬砌云飞天。

平地起雷声，

晴空走闪电，

焊接抛繁星，

吊杆补苍天。

一声警报震山河，

万人争把放水看。

炮声响，

地动弹，

水如柱，

烟如山。

龙滚水，

凤舞天，

河改道，

景色变。

蛟龙走巨洞，

洪涛山内穿。

万人笑盈盈，

欢呼过头关。

庆截流

千面锣鼓齐奏鸣，
万把彩旗照水滨，
截流大战胜利了，
庆祝大会集群英。
英雄聚会喜洋洋，
争先向党表决心，
踊跃迎接新任务，
斗志昂扬语惊人：

只要党来下命令，
凿穿地球敢答应，
擒龙捉虎寻常事，
我是改水换山人。
三面红旗前面走，
水电工人有信心，
送给腐朽一把火，
送给新生万盏灯。

移来太阳坝上放，
摘下明月水库存，
从此山河改面貌，
工业农业齐跃进。

千吨轮船湖上过，
武夷风景爱煞人。
明珠照耀数万里，
幸福生活快来临。

1960 年 11 月 11 日

穆桂英突击队

万紫千红正春天，
好花开在叶中间，
英雄好汉满建溪，
百战阵中出女将，
怎样生，
怎样长，
且听姐妹唱一唱。

工程党委擂战鼓，
建溪两岸摆战场，
千人万人上战阵，
姐妹心中起波澜，
日也想，
夜也想，
迎头赶上理应当。

看了电影《穆桂英》
姐妹见面就攀谈：

"最好成立女子排,"

"什么称呼最妥当?"

"穆桂英!"

"真响亮!"

立刻去找领导谈。

一说领导就批准,

还把队旗授给咱。

可也有人看轻了,

风凉话儿耳边传:

(白)甲:看这妇女队,怕不成气候吧?

　　乙:什么穆桂英?我一手就能扳倒好几个!

不怕说,

不怕笑,

要争口气心才甘。

战斗任务下来了,

姐妹开会细商量,

个个争先表决心:

"明天定要创高产。"

分配好,

布置强,

摩拳擦掌要大干。

头次战斗是卸船,

抢抬骨料人争先，

热气冲天凝成雾，

汗珠落地聚成江，

抬得快，

装得满，

超额完成爱夸奖。

这下激起男子队，

暗里使劲来追赶。

二次战斗是备料，

并肩作战在现场，

姐妹们，

提挑战，

男子还是大话讲：

（白）男：好戏在后头呢！你们准备哭鼻子吧！

　　　女：哼！你要赢咱难上难！

　　　跨下骑着追风马，

　　　手上抢起赶山鞭，

　　　青年团员来带头，

　　　任务超额翻一翻。

　　　男子排，

　　　赶不上，

　　　从今以后另眼看。

（白）甲：果然真是穆桂英，了不起！

　　　乙：这下我没话讲啦！

好马上阵不停蹄，

英雄立志要翻天，

突击生产当骨干，

哪里困难哪里上，

不叫苦，

不说难，

一路春风永向前。

决心揣在热怀里，

比好子弹上枪膛，

天天都是竞赛样，

浑身汗湿只等闲，

不骄傲，

不自满，

爱护名誉争荣光。

心里想的能实现，

怎样想就怎样办。

抬头且把建溪看，

心开就像伞一样，

山换装，

水发电，

祖国成了大花园。

1960 年 11 月 26 日

工地鼓动诗

妇女突击队

挑担不怕扁担弯，
行船不怕浪滔天，
就是小伙乘风走，
姑娘也要驾云赶；
风梳头，
汗洗脸，
革命干劲动山川。

柔软莫过溪涧水，
到了急滩也翻天，
且看今日妇女队，
赛过堂堂男子汉；
修地球，

补苍天，
英雄女子敢领先。

闪电突击队

拉住太阳衣后襟，
踩着月亮脚后跟，
攥起拳头骑上龙，
跃进指标射天心。

高山有树万年青，
东海有水流不停，
革命青年有志气，
日日夜夜长干劲。

红旗跟着先进跑，
备料有如风送云，
莫夸千里赤兔马，
比起"闪电"笑死人。

先锋突击队

头戴斗笠帽，
短衣又赤脚，
一根杠棒抬日月，

一路汗水漫天歌。

套着双箩筐，
装满焦黄土，
干劲拧成一股绳，
跃进声里跳着走。

表演赛

雷响三声海动弹，
鼓响三通上战场，
你快铲，
我快装，
抬起飞跑似射箭，
汗珠落地摔八瓣。

扁豆开花脸对脸，
芝麻开花肩并肩，
心一条，
步成双，
战得河笑山鼓掌，
转眼黄土半边天。

五连干部

葡萄爬架藤连藤，

石榴结子心连心，

五连干部上火线，

三军将士齐欢腾。

路遥识骏马，

烈火炼丹心，

老兵老将领头打，

杀得老黄龙，

鳞甲飞纷纷。

夸三连

芝麻开花节节高，

英雄上面有英雄。

三连下决心，

这次要立功；

战斗打响了，

果然后来者居上。

看他肩抬双筐步生风，

个个都是活金刚，

浑身是干劲，

满脸照红光。

看他力争上游气如虹，
比赛场上鼓风浪，
前途未可量，
立功有希望。

勉尖兵突击队

光荣打从哪里来？
万滴汗珠浇出来。
汗滴应是及时雨，
洒得红花朵朵开。

一次失败算什么？
吸取教训胜利来。
只要立下凌云志，
万紫千红开不败。

争红旗

放水截流在眼前，
革命干劲百倍添。
要吃龙肉须下海，
要夺红旗在今天。

任务嫌少不嫌多，

浑身汗湿只等闲。
再接再厉鼓干劲，
一路春风冲上前。

夺第四功

截流大战日日紧，
半山云雾半山人。
揭开白雾帐，
工程面貌新，
堆石围堰快合龙，
千军万马烟尘滚。
一功二功又三功，
四功还得努力争，
只要下决心，
哪怕功不成。

建溪工人

脚踢高山建电站，
手拦急流造太阳，
建溪工人不简单，
不用天梯也上天。

挟着大坝上云端，

坝顶安下新太阳，

这颗太阳不落山，

万丈光芒到天边。

1960 年 11 月

附：

鼓　动　诗

一

挑担不怕扁担弯，行船不怕浪滔天，

就是小伙乘风走，姑娘也要驾云赶；

风梳头，汗洗脸，革命干劲动山川。

柔软莫过溪涧水，到了急滩也翻天，

且看今日妇女队，赛过堂堂男子汉；

修地球，补苍天，英雄女子敢领先。

二

雷响三声海动弹，鼓响三声上战场，

你快铲，我快装，汗珠落地摔八瓣。

扁豆开花验对验，芝麻开花肩并肩，

心一条，步成双，转眼黄土遮半天。

1960 年

（收入《蔡其矫诗选》）

号　子

修地球，补苍天
英雄女子敢领先
就是小伙乘风走
姑娘也要驾云赶

风梳头，雨洗面
革命干劲动山川
柔软莫过溪涧水
到了急滩也翻天

雷响三声海动弹
鼓响三声上战场
你快铲，我快装
汁珠落地摔八瓣

扁豆开花脸对脸

芝麻开花肩并肩

心一条，步成双

转眼黄土遮半天

1960 年

（收入《蔡其矫诗歌回廊·翠鸟》）

金　砂

解放前

闽江口岸一村花，

起名叫作金砂乡；

一年不收半年粮，

没吃没穿受凄惶；

二百多人当土匪，

百户人家去逃荒；

卖妻鬻子寻常事，

地主还说理应当；

姑娘未大先要嫁，

撇下亲爹与亲娘；

祖宗三代没法办，

无奈改为赤砂乡。

解放后

赤砂变金砂，想起笑哈哈；

土改合作化，人民当了家；

五二修海堤，富户闹喳喳；

穷人力量大，结果战胜他；

海水涌上来，赶它加老家；

山洪一暴发，水库就请他；

天上不下雨，渠内水哗哗；

海滩变良田，好种大地瓜；

思想大变化，姑娘恋金砂；

战胜自然界，天也不怕它。

（1960 年）

闽 江

郁郁层峦夹岸青，春山绿水去无声。

中流郁风雾，密雨蔽厚阜。

官渡垂杨里，人家野林间，

浩浩江流动地来，牙樯无数集潆洄，

结屋皆临水，观船并倚楼。

溪声凉过雨，山色澹于秋。

烟平青嶂水平溪，绿树人家翠霭迷。

（1960 年）

秋 天

这是秋天！
一片白色的温和的阳光
从摘完果子的树枝间穿过
摊开在清冷的石阶上。

这是秋天！
骄炎的太阳移向南方
大地从酷热中解放出来
有如浴后那样凉爽。

这是秋天！
天空是一片明净安详
好像是无风的广阔的湖泊
引人冥想游向远方。

(1960 年)

海　赞

这里是祖国蓝色的边疆，
白云底下走着无数的风帆，
这它从南到北围绕整个海岸，
就像花环挂在祖国的胸前。

谁要是呼吸盐味的海风，
他的胸怀就能无比的宽广；
谁要是走过辽阔的海洋，
他的心就永远自由欢畅。

海洋上有祖国忠勇的战士，
海洋下有祖国无尽的宝藏，
每一个年轻人来到这里，
都立刻爱上我们的海洋。

（1960 年）

石城—平海

我扛着一卷铺盖，几本小书，
穿过卑微的县城，
来到偏僻而寒冷的海湾，
那多岩石的荒山，垂着低挂的云雾，
像布幕直悬移动，几乎触及我的头顶。
这是南方的冬季，
不倦的风在山石和树间尖啸，
寒冷，以它的手指堵塞我的呼吸，
海鸥停息在起落的波涛中，
劲风使它乏于起飞，
而成群的沙燕，低低贴水面艰难地鼓翼，
时常从风卷起的浪花帘幕中穿过。
除了风声和浪声，四围一切寂静。
就在这冬季的寂静中，
在高高的山下，在弧形的沙滩外边，
我看见停着四艘灰色的军舰，

它们是这样的可爱，就像是精巧的玩具，

平列在风和浪的港湾中，

黑夜里闪着一排灯光，

白天飘动鲜艳的红旗，

生命，在祖国的每个角落闪烁着，

就在这寒冷荒凉的港湾也是一样。

（1960 年）

兴　化　湾

冒着大风前进，
迎着大浪前进，
人民的炮艇出海巡逻，
心头有热血奔腾。

波涛险恶的湄洲浦，
张开白牙的浪花，
尖锐的船头钻入水里，
又以飞跃的动作跳起来。

南日岛的西面，
裂纹的礁石如廊柱罗列，
激浪和寒风使我回避，
舵工更紧地掌住舵盘。

莲花山远望如云，

三江口耸立塔影，
雁群低低地梳过水面，
平静的港口在欢迎我们。

（1960 年）

茉 莉 歌

啊！听我唱一首心爱的茉莉歌。
雪白的花瓣满枝头，
风吹花树泛白波，
黄昏到来香气发，
十里之外也闻得着。

别处茉莉种庭院，
家乡茉莉种田头，
人民公社成立后，
新株嫩叶满山坡。

家乡成了香世界，
年轻姑娘最快乐，
摘下一串头上戴，
满身香气见哥哥。

采下茉莉送茶厂，
制成香茶运全国，
名花异香走万里，
劳动人民共享受。

（1960 年）

海 港 的 夜

青色的海水轻声歌唱，
蓝色的山下夜雾茫茫，
亲爱的海港穿过黑夜，
像宝石一样闪射光芒……

我走过无数的城市村庄，
经历了痛苦，战胜了死亡，
我懂得生命也懂得爱情，
也就更加热爱我的故乡。

为了建设我的光明海港，
我要拿出我的全部力量，
为了保卫我的自由海岸，
我愿把生命和爱情一起献上。

故乡的海港呀！你在黑暗中向我微笑，

你接受了我这发自的心头的誓愿，

我全身感到温暖，

我心中充满力量。

（1960 年）